PRIX : 60 centimes

GÉRARD DE NERVAL

LES
FILLES DU FEU

PARIS
E. FLAMMARION, ÉDITEUR
26, rue Racine, 26

LES FILLES DU FEU

ÉMILE COLIN — IMPRIMERIE DE LAGNY

GÉRARD DE NERVAL

LES
FILLES DU FEU

SYLVIE — JEMMY
OCTAVIE — ISIS — ÉMILIE

PARIS
LIBRAIRIE ERNEST FLAMMARION
26, RUE RACINE, PRÈS L'ODÉON

LES FILLES DU FEU

A ALEXANDRE DUMAS

Je vous dédie ce livre, mon cher maître, comme j'ai dédié *Lorely* à Jules Janin. J'avais à le remercier au même titre que vous. Il y a quelques années, on m'avait cru mort, et il avait écrit ma biographie. Il y a quelques jours, on m'a cru fou, et vous avez consacré quelques-unes de vos lignes des plus charmantes à l'épitaphe de mon esprit. Voilà bien de la gloire qui m'est échue en avancement d'hoirie. Comment oser, de mon vivant, porter au front ces brillantes couronnes? Je dois afficher un air modeste et prier le public de rabattre beaucoup de tant d'éloges accordés à mes cendres, ou au vague contenu de cette bouteille que je suis allé chercher dans la lune à l'imitation d'Astolfe, et que j'ai fait rentrer, j'espère, au siège habituel de la pensée.

Or, maintenant que je ne suis plus sur l'hippogriffe, et qu'aux yeux des mortels j'ai recouvré ce qu'on appelle vulgairement la raison, — raisonnons.

Voici un fragment de ce que vous écriviez sur moi le 10 décembre dernier :

« C'est un esprit charmant et distingué, comme vous avez pu en juger, — chez lequel, de temps en temps, un certain phénomène se produit, qui, par bonheur, nous l'espérons, n'est sérieusement inquiétant ni pour lui, ni pour ses amis ; — de temps en temps, lorsqu'un travail quelconque l'a fort préoccupé, l'imagination, cette folle du logis, en chasse momentanément la raison, qui n'en est que la maîtresse ; alors, la première reste seule, toute-puissante, dans ce cerveau nourri de rêves et d'hallucinations, ni plus ni moins qu'un fumeur d'opium du Caire, ou qu'un mangeur de hachisch d'Alger, et alors la vagabonde qu'elle est le jette dans les théories impossibles, dans les livres infaisables. Tantôt il est le roi d'Orient Salomon, il a retrouvé le sceau qui évoque les esprits, il attend la reine de Saba ; et alors, croyez-le bien, il n'est conte de fée, ou des *Mille et une Nuits*, qui vaille ce qu'il raconte à ses amis, qui ne savent s'ils doivent le plaindre ou l'envier, de l'agilité et de la puissance de ces esprits, de la beauté et de la richesse de cette reine ; tantôt il est sultan de Crimée, comte d'Abyssinie, duc d'Égypte, baron de Smyrne. Un autre jour, il se croit fou, et il raconte comment il l'est devenu, et avec un si joyeux entrain, en passant par des péripéties si amusantes, que chacun désire le devenir pour suivre ce guide entraînant dans le pays des chimères et des hallucinations, plein d'oasis plus fraîches et plus ombreuses que celles qui s'élèvent sur la route brûlée d'Alexandrie à Ammon ; tantôt, enfin, c'est la mélancolie qui devient sa muse, et alors retenez vos larmes si vous pouvez, car jamais Werther, jamais René, jamais Antony, n'ont eu plaintes plus poignantes, sanglots plus douloureux, paroles plus tendres, cris plus poétiques !... »

Je vais essayer de vous expliquer, mon cher Dumas, le phénomène dont vous avez parlé plus haut. Il est, vous le savez, certains conteurs qui ne peuvent inventer sans s'identifier aux personnages de leur imagination. Vous savez avec quelle conviction notre vieil ami Nodier racontait comment il avait eu le malheur d'être guillotiné à l'époque de la Révolution ; on en devenait tellement persuadé que l'on se demandait comment il était parvenu à se faire recoller la tête...

Eh bien, comprenez-vous que l'entraînement d'un

récit puisse produire un effet semblable ; que l'on
arrive pour ainsi dire à s'incarner dans le héros de
son imagination, si bien que sa vie devienne la vôtre
et qu'on brûle des flammes factices de ses ambi-
tions et de ses amours ! C'est pourtant ce qui m'est
arrivé en entreprenant l'histoire d'un personnage
qui a figuré, je crois bien, vers l'époque de
Louis XV, sous le pseudonyme de Brisacier. Où
ai-je lu la biographie fatale de cet aventurier ? J'ai
retrouvé celle de l'abbé de Bucquoy : mais je me
sens bien incapable de renouer la moindre preuve
historique à l'existence de cet illustre inconnu ! Ce
qui n'eût été qu'un jeu pour vous, maître, — qui
avez su si bien vous jouer avec nos chroniques et
nos mémoires que la postérité ne saura plus dé-
mêler le vrai du faux, et chargera de vos inventions
tous les personnages historiques que vous avez
appelés à figurer dans vos romans, — était devenu
pour moi une obsession, un vertige. Inventer, au
fond, c'est se ressouvenir, a dit un moraliste ; ne
pouvant trouver les preuves de l'existence maté-
rielle de mon héros, j'ai cru tout à coup à la trans-
migration des âmes non moins fermement que
Pythagore ou Pierre Leroux. Le XVIIIᵉ siècle
même, où je m'imaginais avoir vécu, était plein de
ces illusions. Voisenon, Moncrif et Crébillon fils

en ont écrit mille aventures. Rappelez-vous ce courtisan qui se souvenait d'avoir été sofa ; sur quoi, Schahabaham s'écrie avec enthousiasme : « Quoi ! vous avez été sofa ! mais c'est fort galant... Et, dites-moi, étiez-vous brodé ? »

Moi, je m'étais brodé sur toutes les coutures. Du moment que j'avais cru saisir la série de toutes mes existences antérieures, il ne m'en coûtait pas plus d'avoir été prince, roi, mage, génie et même dieu ; la chaîne était brisée et marquait les heures pour des minutes. Ce serait *le Songe de Scipion, la Vision du Tasse* ou *la Divine Comédie* du Dante, si j'étais parvenu à concentrer mes souvenirs en un chef-d'œuvre. Renonçant désormais à la renommée d'inspiré, d'illuminé ou de prophète, je n'ai à vous offrir que ce que vous appelez si justement des théories impossibles, un livre infaisable, dont voici le premier chapitre, qui semble faire suite au *Roman comique* de Scarron... Jugez-en :

LE ROMAN TRAGIQUE

Me voici encore dans ma prison, madame ; toujours imprudent, toujours coupable, à ce qu'il semble, et toujours confiant, hélas ! dans cette belle *étoile* de comédie, qui a bien voulu m'appeler

un instant son *destin*. L'Etoile et le Destin : quel
couple aimable dans le roman du poète Scarron !
mais qu'il est difficile de jouer convenablement ces
deux rôles aujourd'hui ! La lourde charrette qui
nous cahotait jadis sur l'inégal pavé du Mans a été
remplacée par des carrosses, par des chaises de
poste et autres inventions nouvelles. Où sont les
aventures, désormais ? où est la charmante misère
qui nous faisait vos égaux et vos camarades, mes-
dames les comédiennes, nous les pauvres poètes
toujours et les poètes pauvres bien souvent ? Vous
nous avez trahis, reniés ! et vous vous plaigniez de
notre orgueil ! Vous avez commencé par suivre de
riches seigneurs, chamarrés, galants et hardis, et
vous nous avez abandonnés dans quelque misérable
auberge pour payer la dépense de vos folles orgies.
Ainsi, moi, le brillant comédien naguère, le prince
ignoré, l'amant mystérieux, le déshérité, le banni
de liesse, le beau ténébreux, adoré des marquises
comme des présidentes, moi, le favori bien indigne
de Mme Bouvillon, je n'ai pas été mieux traité que
ce pauvre Ragotin, un poétereau de province, un
robin !... Ma bonne mine, défigurée d'un vaste em-
plâtre, n'a servi même qu'à me perdre plus sûrement. L'hôte, séduit par les discours de La Rancune, a bien voulu se contenter de tenir en gage le

propre fils du grand khan de Crimée envoyé ici
pour faire ses études, et avantageusement connu
dans toute l'Europe chrétienne sous le pseudonyme
de Brisacier. En core, si ce misérable, si cet in-
trigant suranné m'eût laissé quelques vieux louis,
quelques carolus, ou même une pauvre montre entourée de faux brillants, j'eusse pu sans doute imposer le respect à mes accusateurs et éviter la triste
péripétie d'une aussi sotte combinaison. Bien mieux,
vous ne m'aviez laissé pour tout costume qu'une
méchante souquenille puce, un justaucorps rayé de
noir et de bleu, et des chausses d'une conservation
équivoque. Si bien qu'en soulevant ma valise après
votre départ, l'aubergiste, inquiet, a soupçonné une
partie de la triste vérité, et m'est venu dire tout net
que j'étais *un prince de contrebande*. A ces mots,
j'ai voulu sauter sur mon épée; mais La Rancune
l'avait enlevée, prétextant qu'il fallait m'empêcher
de m'en percer le cœur sous les yeux de l'ingrate
qui m'avait trahi ! Cette dernière supposition était
inutile, ô La Rancune ! on ne se perce pas le cœur
avec une épée de comédie, on n'imite pas le cuisinier
Vatel, on n'essaye pas de parodier les héros de
roman, quand on est un héros de tragédie; et je
prends tous nos camarades à témoin qu'un tel
trépas est impossible à mettre en scène un peu

noblement. Je sais bien qu'on peut piquer l'épée en
terre et se jeter dessus les bras ouverts ; mais nous
sommes ici dans une chambre parquetée, où le
tapis manque, nonobstant la froide saison. La fenêtre est, d'ailleurs, assez ouverte et assez haute
sur la rue pour qu'il soit loisible à tout désespoir
tragique de terminer par là son cours. Mais...
mais, je vous l'ai dit mille fois, je suis un comédien
qui a de la religion.

Vous souvenez-vous de la façon dont je jouais
Achille, quand par hasard, passant dans une ville
de troisième ou de quatrième ordre, il nous prenait
la fantaisie d'étendre le culte négligé des anciens
tragiques français ? J'étais noble et puissant, n'est-
ce pas ? sous le casque doré aux crins de pourpre,
sous la cuirasse étincelante, et drapé d'un manteau
d'azur. Et quelle pitié c'était alors de voir un père
aussi lâche qu'Agamemnon disputer au prêtre Cal-
chas l'honneur de livrer plus vite au couteau la
pauvre Iphigénie en larmes ! J'entrais comme la
foudre au milieu de cette action forcée et cruelle ; je
rendais l'espérance aux mères et le courage aux
pauvres filles, sacrifiées toujours à un devoir, à un
dieu, à la vengeance d'un peuple, à l'honneur ou au
profit d'une famille !... Car on comprenait bien
partout que c'était là l'histoire éternelle des ma-

riages humains. Toujours le père livrera sa fille par ambition, et toujours la mère la vendra avec avidité ; mais l'amant ne sera pas toujours cet honnête Achille, si beau, si bien armé, si galant et si terrible, quoiqu'un peu rhéteur pour un homme d'épée ! Moi, je m'indignais parfois d'avoir à débiter de si longues tirades dans une cause aussi limpide et devant un auditoire aisément convaincu de mon droit. J'étais tenté de sabrer, pour en finir, toute la cour imbécile du roi des rois, avec son espalier de figurants endormis ! Le public en eût été charmé ; mais il aurait fini par trouver la pièce trop courte, et par réfléchir qu'il lui faut le temps de voir souffrir une princesse, un amant et une reine ; de les voir pleurer, s'emporter et répandre un torrent d'injures harmonieuses contre la vieille autorité du prêtre et du souverain. Tout cela vaut bien cinq actes et deux heures d'attente, et le public ne se contenterait pas à moins. Il lui faut sa revanche de cet éclat d'une famille unique, pompeusement assise sur le trône de la Grèce, et devant laquelle Achille lui-même ne peut s'emporter qu'en paroles ; il faut qu'il sache tout ce qu'il y a de misères sous cette pourpre, et pourtant d'irrésistible majesté ! Ces pleurs tombés des plus beaux yeux du monde sur le sein rayonnant d'Iphigénie n'enivrent pas moins la foule

que sa beauté, ses grâces et l'éclat de son costume
royal ! Cette voix si douce, qui demande la vie en
rappelant qu'elle n'a pas encore vécu ; le doux sourire de cet œil, qui fait trêve aux larmes pour cares-
ser les faiblesses d'un père, première agacerie,
hélas ! qui ne sera pas pour l'amant !... Oh ! comme
chacun est attentif pour en recueillir quelque chose !
La tuer, elle ! Qui donc y songe ? Grands dieux !
Personne peut-être ?... Au contraire : chacun s'est
dit déjà qu'il fallait qu'elle mourût pour tous plutôt
que de vivre pour un seul. Chacun a trouvé Achille
trop beau, trop grand, trop superbe ! Iphigénie
sera-t-elle emportée encore par ce vautour thessa-
lien, comme l'autre, la fille de Léda, l'a été naguère
par un prince berger de la voluptueuse côte d'Asie ?
Là est la question pour tous les Grecs, et là est
aussi la question pour le public qui nous juge dans
ces rôles de héros ! Et moi, je me sentais haï des
hommes autant qu'admiré des femmes quand je
jouais un de ces rôles d'amant superbe et victorieux.
C'est qu'à la place d'une froide princesse de coulisse
élevée à psalmodier tristement ces vers immortels,
j'avais à défendre, à éblouir, à conserver une véritable fille de la Grèce, une perle de grâce, d'amour
et de pureté, digne en effet d'être disputée par les
hommes aux dieux jaloux ! Etait-ce Iphigénie seu-

lement ? Non, c'était Monime, c'était Junie, c'était
Bérénice, c'étaient toutes les héroïnes inspirées par
les beaux yeux d'azur de Mlle de Champmeslé ou
par les grâces adorables des vierges nobles de
Saint-Cyr ! Pauvre Aurélie ! notre compagne, notre
sœur, n'auras-tu point regret toi-même à ces temps
d'ivresse et d'orgueil ? Ne m'as-tu pas aimé un instant, froide Étoile ! à force de me voir souffrir, combattre ou pleurer pour toi ? L'éclat nouveau dont le
monde t'environne aujourd'hui prévaudra-t-il sur
l'image rayonnante de nos triomphes communs ?
On se disait chaque soir : « Quelle est donc cette
comédienne si au-dessus de tout ce que nous avons
applaudi ? Ne nous trompons-nous pas ? Est-elle
bien aussi jeune, aussi fraîche, aussi honnête qu'elle
le paraît ? Sont-ce de vraies perles et de fines opales
qui ruissellent parmi ses blonds cheveux cendrés,
et ce voile de dentelle appartient-il bien légitimement à cette malheureuse enfant ? N'a-t-elle pas
honte de ces satins brochés, de ces velours à gros
plis, de ces peluches et de ces hermines ? Tout cela
est d'un goût suranné qui accuse des fantaisies au-
dessus de son âge. » Ainsi parlaient les mères, en
admirant toutefois un choix constant d'atours et
d'ornements d'un autre siècle qui leur rappelaient
de beaux souvenirs. Les jeunes femmes enviaient,

critiquaient ou admiraient tristement. Mais, moi, j'avais besoin de la voir à toute heure pour ne pas me sentir ébloui près d'elle, et pour pouvoir fixer mes yeux sur les siens autant que le voulaient nos rôles. C'est pourquoi celui d'Achille était mon triomphe. Mais que le choix des autres m'avait embarrassé souvent ! Quel malheur de n'oser changer les situations à mon gré et sacrifier même les pensées du génie à mon respect et à mon amour ! Les Britannicus et les Bajazet, ces amants captifs et timides, n'étaient pas pour me convenir. La pourpre du jeune César me séduisait bien davantage ! Mais quel malheur ensuite de ne rencontrer à dire que de froides perfidies ! Eh quoi ! ce fut là ce Néron tant célébré de Rome, ce beau lutteur, ce danseur, ce poète ardent, dont la seule envie était de plaire à tous ? Voilà donc ce que l'histoire en a fait, et ce que les poètes en ont rêvé d'après l'histoire ! Oh ! donnez-moi ses fureurs à rendre ; mais son pouvoir, je craindrais de l'accepter. Néron ! je t'ai compris, hélas ! non pas d'après Racine, mais d'après mon cœur déchiré quand j'osais emprunter ton nom ! Oui, tu fus un dieu, toi qui voulais brûler Rome, et qui en avais le droit peut-être, puisque Rome l'avait insulté !...

Un sifflet, un sifflet indigne, *sous ses yeux*, près

d'elle, à cause d'elle! Un sifflet qu'elle s'attribue—
par ma faute (comprenez bien!) et vous demanderez
ce qu'on fait quand on tient la foudre!... Oh! tenez,
mes amis! j'ai eu un moment l'idée d'être vrai,
d'être grand, de me faire immortel enfin, sur votre
théâtre de planches et de toiles, et dans votre comédie d'oripeaux! Au lieu de répondre à l'insulte
par une insulte, qui m'a valu le *châtiment* dont je
souffre encore, au lieu de provoquer tout un public
vulgaire à se ruer sur les planches et à m'assommer
lâchement..., j'ai eu un moment l'idée, l'idée sublime
et digne de César lui-même, l'idée que, cette fois,
nul n'aurait osé mettre au-dessous de celle du grand
Racine, l'idée auguste enfin de brûler le théâtre et
le public, et vous tous! et de l'emporter seule, à
travers les flammes, échevelée, à demi nue, selon
son rôle, ou du moins selon le récit classique de
Burrhus. Et soyez sûrs alors que rien n'aurait pu
me la ravir, depuis cet instant jusqu'à l'échafaud,
et de là dans l'éternité!

O remords de mes nuits fiévreuses et de mes
jours mouillés de larmes! Quoi! j'ai pu le faire, et
je ne l'ai pas voulu? Quoi! vous m'insultez encore,
vous qui devez la vie à ma pitié plus qu'à ma
crainte? Les brûler tous, je l'aurais fait! Jugez-en:
le théâtre de P*** n'a qu'une seule sortie; la nôtre

2

donnait bien sur une petite rue de derrière, mais le foyer où vous vous teniez tous est de l'autre côté de la scène. Moi, je n'avais qu'à détacher un quinquet pour incendier les toiles, et cela sans danger d'être surpris, car le surveillant ne pouvait me voir, et j'étais seul à écouter le fade dialogue de Britannicus et de Junie pour reparaître ensuite et faire tableau, Je luttai avec moi-même pendant tout cet intervalle ; en rentrant, je roulais dans mes doigts un gant que j'avais ramassé ; j'attendais à me venger plus noblement que César lui-même d'une injure que j'avais sentie avec tout le cœur d'un César... Eh bien, ces lâches n'osaient recommencer ! mon œil les foudroyait sans crainte, et j'allais pardonner au public, sinon à Junie, quand elle a osé... Dieux immortels !... Tenez, laissez-moi parler comme je veux !... Oui, depuis cette soirée, ma folie est de me croire un Romain, un empereur ; mon rôle s'est identifié à moi-même, et la tunique de Néron s'est collée à mes membres qu'elle brûle, comme celle du centaure dévorait Hercule expirant. Ne jouons plus avec les choses saintes, même d'un peuple et d'un âge éteints depuis si longtemps, car il y a peut-être quelque flamme encore sous les cendres des dieux de Rome !... Mes amis, comprenez surtout qu'il ne s'agissait pas pour moi d'une froide traduction de paroles compassées, mais d'une scène où tout vivait, où trois cœurs luttaient à chances égales, où, comme aux jeux du cirque, c'était peut-être du vrai sang qui allait couler ! Et le public le savait bien, lui, ce public de petite ville si bien au courant de toutes nos affaires ; ces femmes dont plusieurs m'auraient aimé si j'avais voulu trahir mon seul amour ! ces hommes tous jaloux de moi à cause d'elle ; et l'autre, le Britannicus bien choisi, le pauvre soupirant confus, qui tremblait devant moi et devant elle, mais qui devait me vaincre à ce jeu terrible, où le dernier venu a tout l'avantage et toute la gloire !... Ah ! le débutant d'amour savait son métier... Mais il n'avait rien à craindre, car je suis trop juste pour faire un crime à quelqu'un d'aimer comme moi, et c'est en quoi je m'éloigne du monstre idéal rêvé par le poète Racine : je ferais brûler Rome sans hésiter ; mais, en sauvant Junie, je sauverais aussi mon frère Britannicus.

Oui, mon frère, oui, pauvre enfant comme moi de l'art et de la fantaisie, tu l'as conquise, tu l'as méritée en me la disputant seulement. Le Ciel me garde d'abuser de mon âge, de ma force et de cette humeur altière que la santé m'a rendue, pour attaquer son choix ou son caprice à elle, la toute-puissante, l'équitable, la divinité de mes rêves comme de ma vie !... Seulement, j'avais craint longtemps que mon malheur ne te profitât en rien, et que les beaux galants de la ville ne nous enlevassent à tous ce qui n'est perdu que pour moi.

La lettre que je viens de recevoir de La Caverne me rassure pleinement sur ce point. Elle me conseille de renoncer à « un art qui n'est pas fait pour moi et dont je n'ai nul besoin... » Hélas ! cette plaisanterie est amère : car jamais je n'eus davantage besoin, sinon de l'art, du moins de ses produits brillants. Voilà ce que vous n'avez pas compris. Vous croyez avoir assez fait en me recommandant aux autorités de Soissons comme un personnage illustre que sa famille ne pouvait abandonner, mais que la violence de son mal vous obligeait à laisser en route. Votre La Rancune s'est présenté à la maison de ville et chez mon hôte, avec des airs de grand d'Espagne de première classe forcé par un contretemps de s'arrêter deux nuits dans un si triste endroit ; vous autres, forcés de partir précipitamment de P*** le lendemain de ma déconvenue, vous n'aviez, je le conçois, nulle raison de vous faire passer ici pour d'*infâmes histrions :* c'est bien assez de se laisser clouer ce masque au visage dans les endroits où l'on ne peut faire autrement. Mais, moi, que vais-je dire, et comment me dépêtrer de l'infernal réseau d'intrigues où les récits de La Rancune viennent de m'engager ? Le grand couplet du *Menteur* de Corneille lui a servi assurément à composer son histoire, car la conception d'un faquin tel que lui ne pouvait s'élever si haut. Imaginez... Mais que vais-je vous dire que vous ne sachiez de reste et que vous n'ayez comploté ensemble pour me perdre ? L'ingrate qui est cause de mes malheurs n'y aura-t-elle pas mélangé tous les fils de satin les plus inextricables que ses doigts d'Arachné auront pu tendre autour d'une pauvre victime ?... Le beau chef-d'œuvre ! Eh bien, je suis pris, je l'avoue ; je cède, je demande grâce. Vous pouvez me reprendre avec vous sans crainte, et, si les rapides chaises de poste qui vous emportèrent sur la route de Flandre, il y a près de trois mois, ont déjà fait place à l'humble charrette de nos premières équipées, daignez me recevoir au moins en qualité de monstre, de phénomène, de *calot* propre à faire amasser la foule, et je réponds de m'acquitter de ces divers emplois de manière à contenter les amateurs les plus sévères des provinces... Répondez-moi maintenant au bureau de poste, car je crains

la curiosité de mon hôte ; j'enverrai prendre votre
épître par un homme de la maison, qui m'est dévoué...

L'illustre Brisacier.

Que faire maintenant de ce héros abandonné de
sa maîtresse et de ses compagnons? N'est-ce en vérité qu'un comédien de hasard, justement puni de
son irrévérence envers le public, de sa sotte jalousie,
de ses folles prétentions ? Comment arrivera-t-il à
prouver qu'il est le propre fils du khan de Crimée,
ainsi que l'a proclamé l'astucieux récit de La Rancune? Comment de cet abaissement inouï s'élan-
cera-t-il aux plus hautes destinées?... Voilà des
points qui ne vous embarrasseraient nullement
sans doute, mais qui m'ont jeté dans le plus
étrange désordre d'esprit. Une fois persuadé que
j'écrivais ma propre histoire, je me suis attendri à
cet amour pour une *étoile* fugitive qui m'abandon-
nait seul dans la nuit de ma destinée, j'ai pleuré,
j'ai frémi des vaines apparitions de mon sommeil.
Puis un rayon divin a lui dans mon enfer ; entouré
de monstres contre lesquels je luttais obscurément,
j'ai saisi le fil d'Ariane, et dès lors toutes mes vi-
sions sont devenues célestes. Quelque jour, j'écri-
rai l'histoire de cette « descente aux enfers », et

vous verrez qu'elle n'a pas été entièrement dé-
pourvue de raisonnement si elle a toujours manqué
de raison.

Et, puisque vous avez eu l'imprudence de citer
un des sonnets composés dans cet état de rêverie
supernaturaliste, comme diraient les Allemands, il
faudra que vous les entendiez tous. Vous les trou-
verez dans mes poésies. Ils ne sont guère plus obs-
curs que la métaphysique d'Hegel ou les *mémo-
rables* de Swedenborg, et perdraient de leur charme
à être expliqués, si la chose était possible, concé-
dez-moi du moins le mérite de l'expression ; — la
dernière folie qui me restera probablement, ce sera
de me croire poète : c'est à la critique de m'en guérir.

SYLVIE

(SOUVENIRS DU VALOIS)

I

NUIT PERDUE

Je sortais d'un théâtre où, tous les soirs, je
paraissais aux avant-scènes en grande tenue de
soupirant. Quelquefois, tout était plein ; quelquefois, tout était vide. Peu m'importait d'arrêter mes
regards sur un parterre peuplé seulement d'une
trentaine d'amateurs forcés, sur des loges garnies
de bonnets ou de toilettes surannées, — ou bien de
faire partie d'une salle animée et frémissante, couronnée à tous ses étages de toilettes fleuries, de
bijoux étincelants et de visages radieux. Indifférent
au spectacle de la salle, celui du théâtre ne m'arrêtait guère, — excepté lorsqu'à la seconde ou à la
troisième scène d'un maussade chef-d'œuvre d'alors,

une apparition bien connue illuminait l'espace
vide, rendant la vie, d'un souffle et d'un mot, à ces
vaines figures qui m'entouraient.

Je me sentais vivre en elle, et elle vivait pour
moi seul. Son sourire me remplissait d'une béati-
tude infinie ; la vibration de sa voix si douce et
cependant fortement timbrée me faisait tressaillir
de joie et d'amour. Elle avait pour moi toutes les
perfections, elle répondait à tous mes enthousiasmes, à tous mes caprices, — belle comme le
jour aux feux de la rampe qui l'éclairait d'en bas,
pâle comme la nuit, quand la rampe baissée la
laissait éclairée d'en haut sous les rayons du lustre
et la montrait plus naturelle, brillant dans l'ombre
de sa seule beauté, comme les Heures divines qui
se découpent, avec une étoile au front, sur les
fonds bruns des fresques d'Herculanum !

Depuis un an, je n'avais pas encore songé à
m'informer de ce qu'elle pouvait être d'ailleurs ;
je craignais de troubler le miroir magique qui me
renvoyait son image, — et tout au plus avais-je
prêté l'oreille à quelques propos concernant non
plus l'actrice, mais la femme. Je m'en informais
aussi peu que des bruits qui ont pu courir sur la
princesse d'Élide ou sur la reine de Trébizonde,
— un de mes oncles, qui avait vécu dans les avant-

dernières années du XVIIIᵉ siècle comme il fallait
y vivre pour le bien connaître, m'ayant prévenu de
bonne heure que les actrices n'étaient pas des
femmes, et que la nature avait oublié de leur faire
un cœur. Il parlait de celles de ce temps-là sans
doute ; mais il m'avait raconté tant d'histoires de
ses illusions, de ses déceptions, et montré tant de
portraits sur ivoire, médaillons charmants qu'il
utilisait depuis à parer des tabatières, tant de
billets jaunis, tant de faveurs fanées, en m'en faisant l'histoire et le compte définitif, que je m'étais
habitué à penser mal de toutes sans tenir compte
de l'ordre des temps.

Nous vivions alors dans une époque étrange,
comme celles qui d'ordinaire succèdent aux révolutions ou aux abaissements des grands règnes. Ce
n'était plus la galanterie héroïque comme sous la
Fronde, le vice élégant et paré comme sous la
Régence, le scepticisme et les folles orgies du
Directoire ; c'était un mélange d'activité, d'hésitation et de paresse, d'utopies brillantes, d'aspirations philosophiques ou religieuses, d'enthousiasmes vagues, mêlés de certains instincts de
renaissance ; d'ennuis des discordes passées, d'es-
poirs incertains, — quelque chose comme l'époque
de Pérégrinus et d'Apulée. L'homme matériel

aspirait au bouquet de roses qui devait le régé-
nérer par les mains de la belle Isis ; la déesse
éternellement jeune et pure nous apparaissait dans
les nuits, et nous faisait honte de nos heures de
jour perdues. L'ambition, n'était cependant pas de
notre âge, et l'avide curée qui se faisait alors des
positions et des honneurs nous éloignait des sphères
d'activité possibles. Il ne nous restait pour asile
que cette tour d'ivoire des poètes, où nous montions
toujours plus haut pour nous isoler de la foule. A
ces points élevés où nous guidaient nos maîtres,
nous respirions enfin l'air pur des solitudes, nous
buvions l'oubli dans la coupe d'or des légendes,
nous étions ivres de poésie et d'amour. Amour,
hélas ! des formes vagues, des teintes roses et
bleues, des fantômes métaphysiques ! Vue de près,
la femme réelle révoltait notre ingénuité ; il fallait
qu'elle apparût reine ou déesse, et surtout n'en pas
approcher.

Quelques-uns d'entre nous néanmoins prisaient
peu ces paradoxes platoniques, et à travers nos
rêves renouvelés d'Alexandrie agitaient parfois la
torche des dieux souterrains, qui éclaire l'ombre
un instant de ses traînées d'étincelles. — C'est
ainsi que, sortant du théâtre avec l'amère tristesse
que laisse un songe évanoui, j'allais volontiers me

joindre à la société d'un cercle où l'on soupait en
grand nombre, et où toute mélancolie cédait devant
la verve intarissable de quelques esprits éclatants,
vifs, orageux, sublimes parfois, — tels qu'il s'en
est trouvé toujours dans les époques de rénovation
ou de décadence, et dont les discussions se haus-
saient à ce point que les plus timides d'entre nous
allaient voir parfois aux fenêtres si les Huns, les
Turcomans ou les Cosaques n'arrivaient pas enfin
pour couper court à ces arguments de rhéteurs et
de sophistes. « Buvons, aimons, c'est la sagesse ! »
Telle était la seule opinion des plus jeunes. Un de
ceux-là me dit :

« Voici bien longtemps que je te rencontre
dans le même théâtre, et chaque fois que j'y vais.
Pour *laquelle* y viens-tu ? »

Pour laquelle ?... Il ne me semblait pas que l'on
pût aller là pour une *autre*. Cependant j'avouai un
nom.

« Eh bien, dit mon ami avec indulgence, tu vois
là-bas l'homme heureux qui vient de la reconduire,
et qui, fidèle aux lois de notre cercle, n'ira la retrouver peut-être qu'après la nuit. »

Sans trop d'émotion, je tournai les yeux vers le
personnage indiqué. C'était un jeune homme cor-
rectement vêtu, d'une figure pâle et nerveuse, ayant

des manières convenables et des yeux empreints de
mélancolie et de douceur. Il jetait de l'or sur une
table de whist et le perdait avec indifférence.

« Que m'importe, dis-je, lui ou tout autre? Il
fallait qu'il y en eût un, celui-là me paraît digne
d'avoir été choisi.

— Et toi?

— Moi? C'est une image que je poursuis, rien de
plus. »

En sortant, je passai par la salle de lecture, et
machinalement je regardai un journal. C'était, je
crois, pour y voir le cours de la Bourse. Dans les
débris de mon opulence se trouvait une somme
assez forte en titres étrangers. Le bruit avait couru
que, négligés longtemps, ils allaient être reconnus;
— ce qui venait d'avoir lieu à la suite d'un changement de ministère. Les fonds se trouvaient déjà
cotés très haut; je redevenais riche.

Une seule pensée résulta de ce changement de
situation, celle que la femme aimée si longtemps
était à moi si je voulais. Je touchais du doigt mon
idéal. N'était-ce pas une illusion encore, une
faute d'impression railleuse? Mais les autres
feuilles parlaient de même. — La somme gagnée
se dressa devant moi comme la statue d'or de Mo-
loch.

« Que dirait maintenant, pensais-je, le jeune
homme de tout à l'heure, si j'allais prendre sa
place près de la femme qu'il a laissée seule !... »

Je frémis de cette pensée, et mon orgueil se
révolta.

« Non ! ce n'est pas ainsi, ce n'est pas à mon âge
que l'on tue l'amour avec de l'or : je ne serai pas
un corrupteur. D'ailleurs, ceci est une idée d'un
autre temps. Qui me dit aussi que cette femme soit
vénale ? »

Mon regard parcourait vaguement le journal
que je tenais encore, et j'y lus ces deux lignes :
« *Fête du Bouquet provincial*. Demain, les archers
de Senlis doivent rendre le bouquet à ceux de
Loisy. » Ces mots, fort simples, réveillèrent en
moi toute une nouvelle série d'impression : c'était
un souvenir de la province depuis longtemps oubliée, un écho lointain des fêtes naïves de la jeunesse.

Le cor et le tambour résonnaient au loin dans
les hameaux et dans les bois; les jeunes filles
tressaient des guirlandes et assortissaient, en
chantant, des bouquets ornés de rubans. Un lourd
chariot, traîné par des bœufs, recevait ces présents sur son passage, et nous, enfants de ces
contrées, nous formions le cortège avec nos arcs

et nos flèches, nous décorant du titre de chevaliers, — sans savoir alors que nous ne faisions que répéter d'âge en âge une fête druidique, survivant aux monarchies et aux religions nouvelles.

II

ADRIENNE

Je regagnai mon lit, et je ne pus y trouver le repos. Plongé dans une demi-somnolence, toute ma jeunesse repassait en mes souvenirs. Cet état, où l'esprit résiste encore aux bizarres combinaisons du songe, permet souvent de voir se presser en quelques minutes les tableaux les plus saillants d'une longue période de la vie.

Je me représentais un château du temps de Henri IV avec ses toits pointus couverts d'ardoises et sa face rougeâtre aux encoignures dentelées de pierres jaunies, une grande place verte encadrée d'ormes et de tilleuls, dont le soleil couchant perçait le feuillage de ses traits enflammés. Des jeunes filles dansaient en rond sur la pelouse en chantant de vieux airs transmis par leurs mères, et d'un français si naturellement pur que l'on se sentait bien exister dans ce vieux pays du Valois, où, pendant plus de mille ans, a battu le cœur de la France.

J'étais le seul garçon dans cette ronde, où j'avais amené ma compagne toute jeune encore, Sylvie, une petite fille du hameau voisin, si vive et si fraîche, avec ses yeux noirs, son profil régulier et sa peau légèrement hâlée!... Je n'aimais qu'elle, je ne voyais qu'elle, — jusque-là! A peine avais-je remarqué, dans la ronde où nous dansions, une blonde, grande et belle, qu'on appelait Adrienne. — Tout d'un coup, suivant les règles de la danse, Adrienne se trouva placée seule avec moi au milieu du cercle. Nos tailles étaient pareilles. On nous dit de nous embrasser, et la danse et le chœur tournaient plus vivement que jamais. En lui donnant ce baiser, je ne pus m'empêcher de lui presser la main. Les longs anneaux roulés de ses cheveux d'or effleuraient mes joues. — De ce moment, un trouble inconnu s'empara de moi. La belle devait chanter pour avoir le droit de rentrer dans la danse. On s'assit autour d'elle, et aussitôt, d'une voix fraîche et pénétrante, légèrement voilée, comme celle des filles de ce pays brumeux, elle chanta une de ces anciennes romances, pleines de mélancolie et d'amour, qui racontent toujours les malheurs d'une princesse enfermée dans sa tour par la volonté d'un père qui la punit d'avoir aimé. La mélodie se

terminait à chaque stance par ces trilles chevro-
tants que font valoir si bien les voix jeunes, quand
elles imitent par un frisson modulé la voix trem-
blante des aïeules.

A mesure qu'elle chantait, l'ombre descendait
des grands arbres, et le clair de lune naissant tom-
bait sur elle seule, isolée de notre cercle attentif.
— Elle se tut, et personne n'osa rompre le silence.
La pelouse était couverte de faibles vapeurs con-
densées, qui déroulaient leurs blancs flocons sur
les pointes des herbes. Nous pensions être en paradis. — Je me levai enfin, courant au parterre du
château, où se trouvaient des lauriers, plantés dans
de grands vases de faïence peints en camaïeu. Je
rapportai deux branches, qui furent tressées en
couronne et nouées d'un ruban. Je posai sur la tête
d'Adrienne cet ornement, dont les feuilles lustrées
éclataient sur ses cheveux blonds aux rayons pâles
de la lune. Elle ressemblait à la Béatrice de Dante
qui sourit au poète errant sur la lisière des saintes
demeures.

Adrienne se leva. Développant sa taille élancée,
elle nous fit un salut gracieux, et rentra en courant
dans le château. — C'était, nous dit-on, la petite
fille de l'un des descendants d'une famille alliée aux
anciens rois de France ; le sang des Valois coulait

dans ses veines. Pour ce jour de fête, on lui avait permis de se mêler à nos jeux ; nous ne devions plus la revoir, car, le lendemain, elle repartit pour un couvent où elle était pensionnaire.

Quand je revins près de Sylvie, je m'aperçus qu'elle pleurait. La couronne donnée par mes mains à la belle chanteuse était le sujet de ses larmes. Je lui offris d'en aller cueillir une autre ; mais elle dit qu'elle n'y tenait nullement, ne la méritant pas. Je voulus en vain me défendre, elle ne me dit plus un seul mot pendant que je la reconduisais chez ses parents.

Rappelé moi-même à Paris pour y reprendre mes études, j'emportai cette double image d'une amitié tendre tristement rompue, — puis d'un amour impossible et vague, source de pensées douloureuses que la philosophie de collège était impuissante à calmer.

La figure d'Adrienne resta seule triomphante, — mirage de la gloire et de la beauté, adoucissant ou partageant les heures des sévères études. Aux vacances de l'année suivante, j'appris que cette belle à peine entrevue était consacrée par sa famille à la vie religieuse.

III

RÉSOLUTION

Tout m'était expliqué par ce souvenir à demi rêvé. Cet amour vague et sans espoir, conçu pour une femme de théâtre, qui tous les soirs me prenait à l'heure du spectacle, pour ne me quitter qu'à l'heure du sommeil, avait son germe dans le souvenir d'Adrienne, fleur de la nuit, éclose à la pâle clarté de la lune, fantôme rose et blanc glissant sur l'herbe verte à demi baignée de blanches vapeurs. — La ressemblance d'une figure oubliée depuis des années se dessinait désormais avec une netteté singulière; c'était un crayon estompé par le temps qui se faisait peinture, comme ces vieux croquis de maîtres admirés dans un musée, dont on retrouve ailleurs l'original éblouissant.

Aimer une religieuse sous la forme d'une actrice!... et si c'était la même! Il y a de quoi devenir fou! c'est un entraînement fatal où l'inconnu vous attire comme le feu follet fuyant sur les joncs d'une eau morte... Reprenons pied sur le réel.

Et Sylvie que j'aimais tant, pourquoi l'ai-je oubliée depuis trois ans?... C'était une bien jolie fille, et la plus belle de Loisy.

Elle existe, elle, bonne et pure de cœur sans
doute. Je revois sa fenêtre où le pampre s'enlace
au rosier, la cage de fauvettes suspendue à gauche ;
j'entends le bruit de ses fuseaux sonores et sa chanson favorite :

> La belle était assise
> Près du ruisseau coulant...

Elle m'attend encore... Qui l'aurait épousée ? elle
est si pauvre !

Dans son village et dans ceux qui l'entourent,
de bons paysans en blouse, aux mains rudes, à la
face amaigrie, au teint hâlé ! Elle m'aimait seul,
moi, le petit Parisien, quand j'allais voir près de
Loisy mon pauvre oncle, mort aujourd'hui. Depuis
trois ans, je dissipe en seigneur le bien modeste
qu'il m'a laissé et qui pouvait suffire à ma vie. Avec
Sylvie, je l'aurais conservé. Le hasard m'en rend
une partie. Il est temps encore.

A cette heure, que fait-elle ? Elle dort... Non,
elle ne dort pas ; c'est aujourd'hui la fête de l'arc,
la seule de l'année où l'on danse toute la nuit. —
Elle est à la fête...

Quelle heure est-il ?

Je n'avais pas de montre.

Au milieu de toutes les splendeurs de bric-à-brac
qu'il était d'usage de réunir à cette époque pour

restaurer dans sa couleur locale un appartement
d'autrefois, brillait d'un éclat rafraîchi une de ces
pendules d'écaille de la Renaissance, dont le dôme
doré, surmonté de la figure du Temps, est supporté
par des cariatides du style de Médicis, reposant à
leur tour sur des chevaux à demi cabrés. La Diane
historique, accoudée sur son cerf, est en bas-relief
sous le cadran, où s'étalent, sur un fond niellé, les
chiffres émaillés des heures. Le mouvement, excellent sans doute, n'avait pas été remonté depuis
deux siècles. — Ce n'était pas pour savoir l'heure
que j'avais acheté cette pendule en Touraine.

Je descendis chez le concierge. Son coucou marquait une heure du matin.

« En quatre heures, me dis-je, je puis arriver au
bal de Loisy. »

Il y avait encore sur la place du Palais-Royal
cinq ou six fiacres stationnant pour les habitués des
cercles et des maisons de jeu.

« A Loisy ! dis-je au plus apparent.

— Où cela est-il ?

— Près de Senlis, à huit lieues.

— Je vais vous conduire à la poste », dit le cocher
moins préoccupé que moi.

Quelle triste route, la nuit, que cette route de
Flandre, qui ne devient belle qu'en atteignant la

zone des forêts! Toujours ces deux files d'arbres
monotones qui grimacent des formes vagues ; au
delà, des carrés de verdure et de terres remuées,
bornés à gauche par les collines bleuâtres de
Montmorency, d'Ecouen, de Luzarches. Voici Go-
nesse, le bourg vulgaire plein des souvenirs de
la Ligue et de la Fronde...

Plus loin que Louvres est un chemin bordé de
pommiers dont j'ai vu bien des fois les fleurs écla-
ter dans la nuit comme des étoiles de la terre :
c'était le plus court pour gagner les hameaux. —
Pendant que la voiture monte les côtes, recom-
posons les souvenirs du temps où j'y venais si souvent.

IV

UN VOYAGE A CYTHÈRE

Quelques années s'étaient écoulées : l'époque
où j'avais rencontré Adrienne devant le château
n'était plus déjà qu'un souvenir d'enfance. Je me
retrouvai à Loisy au moment de la fête patronale.
J'allai de nouveau me joindre aux chevaliers de
l'arc, prenant place dans la compagnie dont j'avais
fait partie déjà. Des jeunes gens appartenant aux

vieilles familles qui possèdent encore là plusieurs
de ces châteaux perdus dans les forêts, qui ont
plus souffert du temps que des révolutions, avaient
organisé la fête. De Chantilly, de Compiègne et
de Senlis accouraient de joyeuses cavalcades qui
prenaient place dans le cortège rustique des compagnies de l'arc. Après la longue promenade à
travers les villages et les bourgs, après la messe à
l'église, les luttes d'adresse et la distribution des
prix, les vainqueurs avaient été conviés à un repas qui se donnait dans une île ombragée de peupliers et de tilleuls, au milieu de l'un des étangs
alimentés par la Nonette et la Thève. Des barques
pavoisées nous conduisirent à l'île, — dont le choix
avait été déterminé par l'existence d'un temple
ovale à colonnes qui devait servir de salle pour le
festin. Là, comme à Ermenonville, le pays est semé
de ces édifices légers de la fin du dix-huitième
siècle, où des millionnaires philosophes se sont
inspirés dans leurs plans du goût dominant d'alors.
Je crois bien que ce temple avait dû être primiti-
vement dédié à Uranie. Trois colonnes avaient suc-
combé, emportant dans leur chute une partie de
l'architrave ; mais on avait déblayé l'intérieur de
la salle, suspendu des guirlandes entre les colonnes, on avait rajeuni cette ruine moderne, — qui

appartenait au paganisme de Boufflers ou de Chau-
lieu plutôt qu'à celui d'Horace.

La traversée du lac avait été imaginée peut-être
pour rappeler le *Voyage à Cythère* de Watteau.
Nos costumes modernes dérangeaient seuls l'illusion. L'immense bouquet de la fête, enlevé du char
qui le portait, avait été placé sur une grande
barque : le cortège des jeunes filles vêtues de
blanc qui l'accompagnaient selon l'usage avait
pris place sur les bancs, et cette gracieuse *théorie*
renouvelée des jours antiques se reflétait dans les
eaux calmes de l'étang qui la séparait du bord de
l'île si vermeil aux rayons du soir avec ses halliers
d'épine, sa colonnade et ses clairs feuillages.
Toutes les barques abordèrent en peu de temps.
La corbeille portée en cérémonie occupa le centre
de la table, et chacun prit place, les plus favorisés
auprès des jeunes filles : il suffisait pour cela d'être
connu de leurs parents. Ce fut la cause qui fit que
je me retrouvai près de Sylvie. Son frère m'avait
déjà rejoint dans la fête, il me fit la guerre de n'a-
voir pas depuis longtemps rendu visite à sa famille.
Je m'excusai sur mes études, qui me retenaient à
Paris, et l'assurai que j'étais venu dans cette intention.

« Non, c'est moi qu'il a oubliée, dit Sylvie. Nous

sommes des gens de village, et Paris est si au-dessus ! »

Je voulus l'embrasser pour lui fermer la bouche;
mais elle me boudait encore, et il fallut que son
frère intervînt pour qu'elle m'offrît sa joue d'un
air indifférent. Je n'eus aucune joie de ce baiser
dont bien d'autres obtenaient la faveur, car, dans
ce pays patriarcal où l'on salue tout homme qui
passe, un baiser n'est autre chose qu'une politesse
entre bonnes gens.

Une surprise avait été arrangée par les ordon-
nateurs de la fête. A la fin du repas, on vit s'envo-
ler du fond de la vaste corbeille un cygne sauvage,
jusque-là captif sous les fleurs, qui, de ses fortes
ailes, soulevant des lacis de guirlandes et de couronnes, finit par les disperser de tous côtés. Pendant qu'il s'élançait joyeux vers les dernières lueurs
du soleil, nous rattrapions au hasard les couronnes
dont chacun parait aussitôt le front de sa voisine.
J'eus le bonheur de saisir une des plus belles, et
Sylvie, souriante, se laissa embrasser cette fois
plus tendrement que l'autre. Je compris que j'ef-
façais ainsi le souvenir d'un autre temps. Je l'admirai alors sans partage, elle était devenue si belle!
Ce n'était plus cette petite fille de village que
j'avais dédaignée pour une plus grande et plus

faite aux grâces du monde. Tout en elle avait gagné : le charme de ses yeux noirs, si séduisants
dès son enfance, était devenu irrésistible ; sous
l'orbite arquée de ses sourcils, son sourire, éclairant tout à coup des traits réguliers et placides,
avait quelque chose d'athénien. J'admirais cette
physionomie digne de l'art antique au milieu des
minois chiffonnés de ses compagnes. Ses mains
délicatement allongées, ses bras qui avaient blanchis en s'arrondissant, sa taille dégagée, la faisaient
tout autre que je ne l'avais vue. Je ne pus m'empêcher de lui dire combien je la trouvais différente
d'elle-même, espérant couvrir ainsi mon ancienne
et rapide infidélité.

Tout me favorisait d'ailleurs, l'amitié de son
frère, l'impression charmante de cette fête, l'heure
du soir et le lieu même, où, par une fantaisie
pleine de goût, on avait reproduit une image des
galantes solennités d'autrefois. Tant que nous
pouvions, nous échappions à la danse pour causer
de nos souvenirs d'enfance et pour admirer en
rêvant à deux les reflets du ciel sur les ombrages
et sur les eaux. Il fallut que le frère de Sylvie nous
arrachât à cette contemplation en disant qu'il était
temps de retourner au village assez éloigné qu'ha-
bitaient ses parents.

V

LE VILLAGE

C'était à Loisy, dans l'ancienne maison du garde. Je les conduisis jusque-là, puis je retournai à Montagny, où je demeurais chez mon oncle. En quittant le chemin pour traverser un petit bois qui sépare Loisy de Saint-S..., je ne tardai pas à m'engager dans une *sente* profonde qui longe la forêt d'Ermenonville ; je m'attendais ensuite à rencontrer les murs d'un couvent qu'il fallait suivre pendant un quart de lieue. La lune se cachait de temps à autre sous les nuages, éclairant à peine les roches de grès sombre et les bruyères qui se multipliaient sous mes pas. A droite et à gauche, des lisières de forêt sans routes tracées, et toujours, devant moi, ces roches druidiques de la contrée qui gardent le souvenir des fils d'Armen exterminés par les Romains ! Du haut de ces entassements sublimes, je voyais les étangs lointains se découper comme des miroirs sur la plaine brumeuse, sans pouvoir distinguer celui même où s'était passée la fête.

L'air était tiède et embaumé ; je résolus de ne

pas aller plus loin et d'attendre le matin, en me
couchant sur des touffes de bruyères. — En me
réveillant, je reconnus peu à peu les points voisins
du lieu où je m'étais égaré dans la nuit. A ma
gauche, je vis se dessiner la longue ligne des murs
du couvent de Saint-S..., puis, de l'autre côté de
la vallée, la butte aux Gens-d'Armes, avec les
ruines ébréchées de l'antique résidence carlovin-
gienne. Près de là, au-dessus des touffes de bois,
les hautes masures de l'abbaye de Thiers décou-
paient sur l'horizon leurs pans de murailles percés
de trèfles et d'ogives. Au delà, le manoir de Pon-
tarmé, entouré d'eaux comme autrefois, refléta
bientôt les premiers feux du jour, tandis qu'on
voyait se dresser au midi le haut donjon de la
Tournelle et les quatre tours de Bertrand-Fosse
sur les premiers coteaux de Montméliant.

Cette nuit m'avait été douce, je ne songeais
qu'à Sylvie; cependant l'aspect du couvent me
donna un instant l'idée que c'était celui peut-être
qu'habitait Adrienne. Le tintement de la cloche
du matin était encore dans mon oreille et m'avait
sans doute réveillé. J'eus un instant l'idée de jeter
un coup d'œil par-dessus les murs en gravissant la
plus haute pointe des rochers; mais, en y réfléchis-
sant, je m'en gardai comme d'une profanation. Le

jour en grandissant chassa de ma pensée ce vain souvenir et n'y laissa plus que les traits rosés de Sylvie. « Allons la réveiller », me dis-je.

Et je repris le chemin de Loisy.

Voici le village au bout de la sente qui côtoie la forêt : vingt chaumières dont la vigne et les roses grimpantes festonnent les murs. Des fileuses matinales, coiffées de mouchoirs rouges, travaillent, réunies devant une ferme. Sylvie n'est point avec elles. C'est presque une demoiselle depuis qu'elle exécute de fines dentelles, tandis que ses parents sont restés de bons villageois. — Je suis monté à sa chambre, sans étonner personne ; déjà levée depuis longtemps, elle agitait les fuseaux de sa dentelle, qui claquait avec un doux bruit sur le carreau vert que soutenaient ses genoux.

« Vous voilà, paresseux ! dit-elle avec son sourire divin ; je suis sûre que vous sortez seulement de votre lit ! »

Je lui racontai ma nuit passée sans sommeil, mes courses égarées à travers les bois et les roches. Elle voulut bien me plaindre un instant.

« Si vous n'êtes pas fatigué, je vais vous faire courir encore. Nous irons voir ma grand'tante à Othys. »

J'avais à peine répondu qu'elle se leva joyeuse-

ment, arrangea ses cheveux devant un miroir et
se coiffa d'un chapeau de paille rustique. L'inno-
cence et la joie éclataient dans ses yeux. Nous
partîmes en suivant les bords de la Thève, à travers les prés semés de marguerites et de boutons
d'or, puis le long des bois de Saint-Laurent, franchissant parfois les ruisseaux et les halliers pour
abréger la route. Les merles sifflaient dans les arbres, et les mésanges s'échappaient joyeusement
des buissons frôlés par notre marche.

Parfois nous rencontrions sous nos pas les per-
venches si chères à Rousseau, ouvrant leurs co-
rolles bleues parmi ces longs rameaux de feuilles
accouplées, lianes modestes qui arrêtaient les pieds
furtifs de ma compagne. Indifférente aux souvenirs du philosophe genevois, elle cherchait çà et là
les fraises parfumées, et moi, je lui parlai de *la
Nouvelle Héloïse*, dont je récitais par cœur quelques passages.

« Est-ce que c'est joli ? dit-elle.

— C'est sublime.

— Est-ce mieux qu'Auguste Lafontaine ?

— C'est plus tendre.

— Oh ! bien, dit-elle, il faut que je lise cela. Je
dirai à mon frère de me l'apporter, la première
fois qu'il ira à Senlis. »

Et je continuais à réciter des fragments de
l'*Héloïse* pendant que Sylvie cueillait des fraises.

VI

OTHYS

Au sortir du bois, nous rencontrâmes de grandes
touffes de digitale pourprée ; elle en fit un énorme
bouquet en me disant :

« C'est pour ma tante ; elle est si heureuse d'avoir
ces belles fleurs dans sa chambre ! »

Nous n'avions plus qu'un bout de plaine à traverser pour gagner Othys. Le clocher du village
pointait sur les coteaux bleuâtres qui vont de Montméliant à Dammartin. La Thève bruissait de nouveau parmi les grès et les cailloux, s'amincissant
au voisinage de sa source, où elle se repose dans
les prés, formant un petit lac au milieu des glaïeuls
et des iris. Bientôt nous gagnâmes les premières
maisons. La tante de Sylvie habitait une petite
chaumière bâtie en pierres de grès inégales que re-
vêtaient des treillages de houblon et de vigne
vierge : elle vivait seule de quelques carrés de terre
que les gens du village cultivaient pour elle depuis
la mort de son mari. Sa nièce arrivant, c'était le
feu dans la maison.

« Bonjour, la tante ! Voici vos enfants ! dit Sylvie, nous avons bien faim ! »

Elle l'embrassa tendrement, lui mit dans les bras la botte de fleurs, puis songea enfin à me présenter en disant :

« C'est mon amoureux ! »

J'embrassai à mon tour la tante, qui dit :

« Il est gentil... C'est donc un blond ?

— Il a de jolis cheveux fins, dit Sylvie.

— Cela ne dure pas, dit la tante ; mais vous avez du temps devant vous, et toi qui es brune, cela t'assortit bien.

— Il faut le faire déjeuner, la tante », dit Sylvie. Et elle alla cherchant dans les armoires, dans la huche, trouvant du lait, du pain bis, du sucre, étalant sans trop de soin sur la table les assiettes et les plats de faïence émaillés de larges fleurs et de coqs au vif plumage. Une jatte en porcelaine de Creil, pleine de lait où nageaient des fraises, devint le centre du service, et, après avoir dépouillé le jardin de quelques poignées de cerises et de groseilles, elle disposa deux vases de fleurs aux deux bouts de la nappe. Mais la tante avait dit ces belles paroles :

« Tout cela, ce n'est que du dessert. Il faut me laisser faire à présent. »

4

Et elle avait décroché la poêle et jeté un fagot dans la haute cheminée.

« Je ne veux pas que tu touches à cela ! dit-elle à Sylvie, qui voulait l'aider ; abîmer tes jolis doigts qui font de la dentelle plus belle qu'à Chantilly ! tu m'en as donné, et je m'y connais.

— Ah ! oui, la tante !... Dites donc, si vous en avez des morceaux de l'ancienne, cela me fera des modèles.

— Eh bien, va voir là-haut, dit la tante ; il y en a peut-être dans ma commode.

— Donnez-moi les clefs, reprit Sylvie.

— Bah ! dit la tante, les tiroirs sont ouverts.

— Ce n'est pas vrai, il y en a un qui est toujours fermé. »

Et, pendant que la bonne femme nettoyait la poêle après l'avoir passée au feu, Sylvie dénouait des pendants de sa ceinture une petite clef d'un acier ouvragé qu'elle me fit voir avec triomphe.

Je la suivis, montant rapidement l'escalier de bois qui conduisait à la chambre. — O jeunesse, ô vieillesse saintes ! — qui donc eût songé à ternir la pureté d'un premier amour dans ce sanctuaire des souvenirs fidèles ? Le portrait d'un jeune homme du bon vieux temps souriait avec ses yeux noirs et sa bouche rose, dans un ovale au cadre doré, suspendu à la tête du lit rustique. Il portait l'uniforme des gardes-chasse de la maison de Condé ; son attitude à demi martiale, sa figure rose et bienveillante, son front pur sous ses cheveux poudrés, relevaient ce pastel, médiocre peut-être, des grâces de la jeunesse et de la simplicité. Quelque artiste modeste, invité aux chasses princières, s'était appliqué à le pourtraire de son mieux, ainsi que sa jeune épouse, qu'on voyait dans un autre médaillon, attrayante, maligne, élancée dans son corsage ouvert à échelle de rubans, agaçant de sa mine retroussée un oiseau posé sur son doigt. C'était pourtant la même bonne vieille qui cuisinait en ce moment, courbée sur le feu de l'âtre. Cela me fit penser aux fées des Funambules, qui cachent, sous leur masque ridé, un visage attrayant, qu'elles révèlent au dénoûment, lorsque apparaît le temple de l'Amour et son soleil tournant qui rayonne de feux magiques.

« O bonne tante, m'écriai-je, que vous étiez jolie !

— Et moi donc ? » dit Sylvie, qui était parvenue à ouvrir le fameux tiroir.

Elle y avait trouvé une grande robe en taffetas flambé, qui criait du froissement de ses plis.

« Je veux essayer si cela m'ira, dit-elle. Ah ! je vais avoir l'air d'une vieille fée !

— La fée des légendes éternellement jeune !... »
dis-je en moi-même.

Et déjà Sylvie avait dégrafé sa robe d'indienne et
la laissait tomber à ses pieds. La robe étoffée de la
vieille tante s'ajusta parfaitement sur la taille mince
de Sylvie, et qui me dit de l'agrafer.

« Oh! les manches plates, que c'est ridicule ! »
dit-elle.

Et, cependant, les jabots garnis de dentelles
découvraient admirablement ses bras nus, la gorge
s'encadrait dans le pur corsage aux tulles jaunis,
aux rubans passés, qui n'avait serré que bien peu
les charmes évanouis de la tante.

« Mais finissez-en ! Vous ne savez donc pas
agrafer une robe ? » me disait Sylvie.

Elle avait l'air de l'accordée de village de Greuze.

« Il faudrait de la poudre, dis-je.

— Nous allons en trouver. »

Elle fureta de nouveau dans les tiroirs. Oh ! que
de richesses ! que cela sentait bon ! comme cela
brillait, chatoyait de vives couleurs et de modeste
clinquant ! deux éventails de nacre un peu cassés,
des boîtes de pâte à sujets chinois, un collier
d'ambre et mille fanfreluches, parmi lesquelles
éclataient deux petits souliers de droguet blanc
avec des boucles incrustées de diamants d'Irlande !

« Oh! je veux les mettre, dit Sylvie, si je trouve les bas brodés ! »

Un instant après, nous déroulions des bas de soie rose tendre à coins verts ; mais la voix de la tante, accompagnée du frémissement de la poêle, nous rappela soudain à la réalité.

« Descendez vite! » dit Sylvie.

Et, quoi que je pusse dire, elle ne me permit pas de l'aider à se chausser. Cependant la tante venait de verser dans un plat le contenu de la poêle, une tranche de lard frite avec des œufs. La voix de Sylvie me rappela bientôt.

« Habillez-vous vite ! » dit-elle.

Et, entièrement vêtue elle-même, elle me montra les habits de noces du garde-chasse réunis sur la commode. En un instant, je me transformai en marié de l'autre siècle. Sylvie m'attendait sur l'escalier, et nous descendîmes tous deux en nous tenant par la main. La tante poussa un cri en se retournant :

« O mes enfants ! » dit-elle.

Et elle se mit à pleurer, puis sourit à travers ses larmes. C'était l'image de sa jeunesse, cruelle et charmante apparition ! Nous nous assîmes auprès d'elle, attendris et presque graves ; puis la gaieté nous revint bientôt, car, le premier moment passé,

la bonne vieille ne songea plus qu'à se rappeler
les fêtes pompeuses de sa noce. Elle retrouva
même dans sa mémoire les chants alternés, d'u-
sage alors, qui se répondaient d'un bout à l'autre
de la table nuptiale, et le naïf épithalame qui accompagnait les mariés rentrant après la danse. Nous
répétions ces strophes si simplement rythmées,
avec les hiatus et les assonances du temps ; amou-
reuses et fleuries comme le cantique de l'Ecclé-
siaste : — nous étions l'époux et l'épouse pour tout
un beau matin d'été.

VII

CHAALIS

Il est quatre heures du matin ; la route plonge
dans un pli de terrain ; elle remonte. La voiture va
passer à Orry, puis à la Chapelle. A gauche, il y a
une route qui longe le bois d'Hallate. C'est par là
qu'un soir le frère de Sylvie m'a conduit dans sa
carriole à une solennité du pays. C'était, je crois,
le soir de la Saint-Barthélemy. A travers les bois,
par des routes peu frayées, son petit cheval volait
comme au sabbat. Nous rattrapâmes le pavé à
Mont-L'Évêque, et, quelques minutes plus tard,
nous nous arrêtions à la maison du garde, à l'an-

cienne abbaye de Châalis. — Châalis, encore un souvenir !

Cette vieille retraite des empereurs n'offre plus à l'admiration que les ruines de son cloître aux arcades byzantines, dont la dernière rangée se découpe encore sur les étangs, — reste oublié des fondations pieuses comprises parmi ces domaines qu'on appelait autrefois les métairies de Charlemagne. La religion, dans ce pays isolé du mouvement des routes et des villes, a conservé des traces particulières du long séjour qu'y ont fait les cardinaux de la maison d'Este à l'époque des Médicis : ses attributs et ses usages, ont encore quelque chose de galant et de poétique, et l'on respire un parfum de la Renaissance sous les arcs des chapelles à fines nervures, décorées par les artistes de l'Italie. Les figures des saints et des anges se profilent en rose sur les voûtes peintes d'un bleu tendre, avec des airs d'allégorie païenne qui font songer aux sentimentalités de Pétrarque et au mysticisme fabuleux de Francesco Colonna.

Nous étions des intrus, le frère de Sylvie et moi, dans la fête particulière qui avait lieu cette nuit-là. Une personne de très illustre naissance, qui possédait alors ce domaine, avait eu l'idée d'inviter quelques familles du pays à une sorte de repré-

sentation allégorique où devaient figurer quelques
pensionnaires d'un couvent voisin. Ce n'était pas
une réminiscence des tragédies de Saint-Cyr, cela
remontait aux premiers essais lyriques importés
en France du temps des Valois. Ce que je vis jouer
était comme un mystère des anciens temps. Les
costumes, composés de longues robes, n'étaient
variés que par les couleurs de l'azur, de l'hya-
cinthe ou de l'aurore. La scène se passait entre les
anges, sur les débris du monde détruit. Chaque
voix chantait une des splendeurs de ce globe éteint,
et l'ange de la mort définissait les causes de sa
destruction. Un esprit montait de l'abîme, tenant
en main l'épée flamboyante, et convoquait les
autres à venir admirer la gloire du Christ vain-
queur des enfers. Cet esprit, c'était Adrienne trans-
figurée par son costume, comme elle l'était déjà par
sa vocation. Le nimbe de carton doré qui ceignait
sa tête angélique nous paraissait bien naturellement un cercle de lumière ; sa voix avait gagné
en force et en étendue, et les fioritures infinies
du chant italien brodaient de leurs gazouillements
d'oiseau les phrases sévères d'un récitatif pompeux.

En me retraçant ces détails, j'en suis à me demander s'ils sont réels, ou bien si je les ai rêvés.
Le frère de Sylvie était un peu gris, ce soir-là.

Nous nous étions arrêtés quelques instants dans la
maison du garde, — où, ce qui m'a frappé beaucoup, il y avait un cygne éployé sur la porte, puis,
au dedans, de hautes armoires en noyer sculpté,
une grande horloge dans sa gaine, et des tro-
phées d'arcs et de flèches d'honneur au-dessus
d'une carte de tir rouge et verte. Un nain bizarre,
coiffé d'un bonnet chinois, tenant d'une main une
bouteille et de l'autre une bague, semblait inviter
les tireurs à viser juste. Ce nain, je le crois bien,
était en tôle découpée. Mais l'apparition d'A-
drienne est-elle aussi vraie que ces détails et que
l'existence incontestable de l'abbaye de Châalis ?
Pourtant, c'est bien le fils du garde qui nous avait
introduits dans la salle où avait lieu la représentation ; nous étions près de la porte, derrière une
nombreuse compagnie assise et gravement émue.
C'était le jour de la Saint-Barthélemy, — singulièrement lié au souvenir des Médicis, dont les
armes, accolées à celles de la maison d'Este, décoraient ces vieilles murailles... Ce souvenir est
une obsession peut-être ! — Heureusement, voici
la voiture qui s'arrête sur la route du Plessis ; j'é-
chappe au monde des rêveries, et je n'ai plus qu'un
quart d'heure de marche pour gagner Loisy par
des routes bien peu frayées.

VIII

LE BAL DE LOISY

Je suis entré au bal de Loisy à cette heure mélancolique et douce encore où les lumières pâlissent
et tremblent aux approches du jour. Les tilleuls,
assombris par en bas, prenaient à leurs cimes une
teinte bleuâtre. La flûte champêtre ne luttait plus
si vivement avec les trilles du rossignol. Tout le
monde était pâle, et, dans les groupes dégarnis,
j'eus peine à rencontrer des figures connues. Enfin
j'aperçus la grande Lise, une amie de Sylvie. Elle
m'embrassa.

« Il y a longtemps qu'on ne t'a vu, Parisien !
dit-elle.

— Oh ! oui, longtemps.

— Et tu arrives à cette heure-ci ?

— Par la poste.

— Et pas trop vite !

— Je voulais voir Sylvie ; est-elle encore au bal ?

— Elle ne sort qu'au matin ; elle aime tant à
danser ! »

En un instant, j'étais à ses côtés. Sa figure était
fatiguée ; cependant son œil noir brillait toujours
du sourire athénien d'autrefois. Un jeune homme

se tenait près d'elle. Elle lui fit signe qu'elle renonçait à la contredanse suivante. Il se retira en saluant.

Le jour commençait à se faire. Nous sortîmes du bal, nous tenant par la main. Les fleurs de la chevelure de Sylvie se penchaient dans ses cheveux dénoués ; le bouquet de son corsage s'effeuillait aussi sur les dentelles fripées, savant ouvrage de sa main. Je lui offris de l'accompagner chez elle. Il faisait grand jour, mais le temps était sombre. La Thève bruissait à notre gauche, laissant à ses coudes des remous d'eau stagnante où s'épanouissaient les nénufars jaunes et blancs, où éclatait comme des pâquerettes la frêle broderie des étoiles d'eau. Les plaines étaient couvertes de javelles et de meules de foin, dont l'odeur me portait à la tête sans m'enivrer, comme faisait autrefois la fraîche senteur des bois et des halliers d'épines fleuries.

Nous n'eûmes pas l'idée de les traverser de nouveau.

« Sylvie, lui dis-je, vous ne m'aimez plus ! »

Elle soupira.

« Mon ami, me dit-elle, il faut se faire une raison ; les choses ne vont pas comme nous voulons dans la vie. Vous m'avez parlé autrefois de *la*

Nouvelle Héloïse, je l'ai lue, et j'ai frémi en tombant d'abord sur cette phrase : « Toute jeune fille « qui lira ce livre est perdue. » Cependant j'ai passé outre, me fiant sur ma raison. Vous souvenez-vous du jour où nous avons revêtu les habits de noces de la tante?... Les gravures du livre présentaient aussi les amoureux sous de vieux costumes du temps passé, de sorte que pour moi vous étiez Saint-Preux, et je me retrouvais dans Julie. Ah! que n'êtes-vous revenu alors! Mais vous étiez disait-on, en Italie. Vous en avez vu là de bien plus jolies que moi!

— Aucune, Sylvie, qui ait votre regard et les traits purs de votre visage. Vous êtes une nymphe antique qui s'ignore... D'ailleurs, les bois de cette contrée sont aussi beaux que ceux de la campagne romaine. Il y a là-bas des masses de granit non moins sublimes, et une cascade qui tombe du haut des rochers comme celle de Terni. Je n'ai rien vu là-bas que je puisse regretter ici.

— Et à Paris ? dit-elle.

— A Paris?... »

Je secouai la tête sans répondre.

Tout à coup, je pensai à l'image vaine qui m'avait égaré si longtemps.

« Sylvie, dis-je, arrêtons-nous ici, le voulez-vous ? »

Je me jetai à ses pieds ; je confessai en pleurant à chaudes larmes mes irrésolutions, mes caprices ; j'évoquai le spectre funeste qui traversait ma vie.

« Sauvez-moi ! ajoutai-je, je reviens à vous pour toujours. »

Elle tourna vers moi ses regards attendris...

En ce moment, notre entretien fut interrompu par de violents éclats de rire. C'était le frère de Sylvie qui nous rejoignait avec cette bonne gaieté rustique, suite obligée d'une nuit de fête, que des rafraîchissements nombreux avaient développée outre mesure. Il appelait le galant du bal, perdu au loin dans les buissons d'épines, et qui ne tarda pas à nous rejoindre. Ce garçon n'était guère plus solide sur ses pieds que son compagnon ; il paraissait plus embarrassé encore de la présence d'un Parisien que de celle de Sylvie. Sa figure candide, sa déférence mêlée d'embarras, m'empêchaient de lui en vouloir d'avoir été le danseur pour lequel on était resté si tard à la fête. Je le jugeais peu dangereux.

« Il faut rentrer à la maison, dit Sylvie à son frère. — A tantôt ! » me dit-elle en me tendant la joue.

L'amoureux ne s'offensa pas.

IX

ERMENONVILLE

Je n'avais nulle envie de dormir. J'allai à Montagny pour revoir la maison de mon oncle. Une
grande tristesse me gagna dès que j'en entrevis la
façade jaune et les contrevents verts. Tout semblait dans le même état qu'autrefois ; seulement, il
fallut aller chez le fermier pour avoir la clef de la
porte. Une fois les volets ouverts, je revis avec
attendrissement les vieux meubles conservés dans
le même état, et qu'on frottait de temps en temps,
la haute armoire de noyer, deux tableaux flamands
qu'on disait l'ouvrage d'un ancien peintre, notre
aïeul ; de grandes estampes d'après Boucher, et
toute une série encadrée de gravures de l'*Émile* et
de *la Nouvelle Héloïse* par Moreau ; sur la table,
un chien empaillé que j'avais connu vivant, ancien
compagnon de mes courses dans les bois, le dernier
carlin peut-être, car il appartenait à cette race
perdue.

« Quant au perroquet, me dit le fermier, il vit
toujours ; je l'ai retiré chez moi. »

Le jardin présentait un magnifique tableau de végétation sauvage. J'y reconnus, dans un angle, un jardin d'enfant que j'avais tracé jadis. J'entrai tout frémissant dans le cabinet, où se voyait encore la petite bibliothèque pleine de livres choisis, vieux amis de celui qui n'était plus, et, sur le bureau, quelques débris antiques trouvés dans son jardin, des vases, des médailles romaines, collection locale qui le rendait heureux.

« Allons voir le perroquet », dis-je au fermier.

Le perroquet demandait à déjeuner comme en ses plus beaux jours, et me regarda de cet œil rond, brodé d'une peau chargée de rides, qui fait penser au regard expérimenté des vieillards.

Plein des idées tristes qu'amenait ce retour tardif en des lieux si aimés, je sentis le besoin de revoir Sylvie, seule figure vivante et jeune encore qui me rattachât à ce pays. Je repris la route de Loisy. C'était au milieu du jour ; tout le monde dormait, fatigué de la fête. Il me vint l'idée de me distraire par une promenade à Ermenonville, distant d'une lieue par le chemin de la forêt. C'était par un beau temps d'été. Je pris plaisir d'abord à la fraîcheur de cette route qui semble l'allée d'un parc. Les grands chênes d'un vert uniforme n'étaient variés que par les troncs blancs des bouleaux au feuillage frissonnant. Les oiseaux se taisaient, et j'entendais seulement le bruit que fait le pivert en frappant les arbres pour y creuser son nid. Un instant, je risquai de me perdre, car les poteaux dont les palettes annoncent diverses routes n'offrent plus, par endroits, que des caractères effacés. Enfin, laissant le *Désert* à gauche, j'arrivai au rond-point de la danse, où subsiste encore le banc des vieillards. Tous les souvenirs de l'antiquité philosophique, ressuscités par l'ancien possesseur du domaine, me revenaient en foule devant cette réalisation pittoresque de l'*Anacharsis* et de l'*Émile*.

Lorsque je vis briller les eaux du lac à travers les branches des saules et des coudriers, je reconnus tout à fait un lieu où mon oncle, dans ses promenades, m'avait conduit bien des fois : c'est le *Temple de la philosophie*, que son fondateur n'a pas eu le bonheur de terminer. Il a la forme du temple de la sibylle Tiburtine, et, debout encore, sous l'abri d'un bouquet de pins, il étale tous ces grands noms de la pensée qui commencent par Montaigne et Descartes, et qui s'arrêtent à Rousseau. Cet édifice inachevé n'est déjà plus qu'une ruine, le lierre le festonne avec grâce, la ronce envahit les marches disjointes. Là, tout enfant, j'ai vu des fêtes où les jeunes filles vêtues de

blanc venaient recevoir des prix d'étude et de sagesse. Où sont les buissons de roses qui entouraient la colline ? L'églantier et le framboisier en
cachent les derniers plants, qui retournent à l'état
sauvage. — Quant aux lauriers, les a-t-on coupés,
comme le dit la chanson des jeunes filles qui ne
veulent plus aller au bois ? Non, ces arbustes de la
douce Italie ont péri sous notre ciel brumeux.
Heureusement, le troène de Virgile fleurit encore,
comme pour appuyer la parole du maître inscrite
au-dessus de la porte : *Rerum cognoscere causas !* —
Oui, ce temple tombe comme tant d'autres, les
hommes oublieux ou fatigués se détourneront de
ses abords, la nature indifférente reprendra le terrain que l'art lui disputait ; mais la soif de connaître restera éternelle, mobile de toute force et
de toute activité !

Voici les peupliers de l'île, et la tombe de Rousseau, vide de ses cendres. O sage ! tu nous avais
donné le lait des forts, et nous étions trop faibles
pour qu'il pût nous profiter. Nous avons oublié tes
leçons, que savaient nos pères, et nous avons
perdu le sens de ta parole, dernier écho des sa-
gesses antiques. Pourtant ne désespérons pas, et,
comme tu fis à ton suprême instant, tournons nos
yeux vers le soleil !

J'ai revu le château, les eaux paisibles qui le bordent, la cascade qui gémit dans les roches, et cette chaussée réunissant les deux parties du village, dont quatre colombiers marquent les angles, la pelouse qui s'étend au delà comme une savane, dominée par des coteaux ombreux ; la tour de Gabrielle se reflète de loin sur les eaux d'un lac factice étoilé de fleurs éphémères ; l'écume bouillonne, l'insecte bruit... Il faut échapper à l'air perfide qui s'exhale, en gagnant les grès poudreux du désert et les landes où la bruyère rose relève le vert des fougères. Que tout cela est solitaire et triste ! Le regard enchanté de Sylvie, ses courses folles, ses cris joyeux, donnaient autrefois tant de charme aux lieux que je viens de parcourir ! C'était encore une enfant sauvage, ses pieds étaient nus, sa peau hâlée malgré son chapeau de paille, dont le large ruban flottait pêle-mêle avec ses tresses de cheveux noirs. Nous allions boire du lait à la ferme suisse, et l'on me disait :

« Qu'elle est jolie, ton amoureuse, petit Parisien ! »

— Oh ! ce n'est pas alors qu'un paysan aurait dansé avec elle ! Elle ne dansait qu'avec moi, une fois par an, à la fête de l'arc.

X

LE GRAND FRISÉ

J'ai repris le chemin de Loisy ; tout le monde était réveillé. Sylvie avait une toilette de demoiselle, presque dans le goût de la ville. Elle me fit monter à sa chambre avec toute l'ingénuité d'autrefois. Son œil étincelait toujours dans un sourire plein de charme, mais l'arc prononcé de ses sourcils lui donnait par instants un air sérieux. La chambre était décorée avec simplicité, pourtant les meubles étaient modernes : une glace à bordure dorée avait remplacé l'antique trumeau, où se voyait un berger d'idylle offrant un nid à une bergère bleue et rose ; le lit à colonnes, chastement drapé de vieille perse à ramage, était remplacé par une couchette de noyer garnie du rideau à flèche ; à la fenêtre, dans la cage où jadis étaient les fauvettes, il y avait des canaris. J'étais pressé de sortir de cette chambre, où je ne trouvais rien du passé.

» Vous ne travaillerez point à votre dentelle aujourd'hui ? dis-je à Sylvie.

— Oh ! je ne fais plus de dentelle, on n'en demande plus dans le pays ; même à Chantilly, la fabrique est fermée.

— Que faites-vous donc ?

Elle alla chercher dans un coin de la chambre un instrument de fer qui ressemblait à une longue pince.

» Qu'est-ce que c'est que cela?

— C'est ce qu'on appelle la mécanique ; c'est pour maintenir la peau des gants afin de les coudre.

— Ah ! vous êtes gantière, Sylvie ?

— Oui, nous travaillons ici pour Dammartin. Cela donne beaucoup dans ce moment, mais je ne fais rien aujourd'hui : allons où vous voudrez. »

Je tournais les yeux vers la route d'Othys : elle secoua la tête ; je compris que la vieille tante n'existait plus. Sylvie appela un petit garçon et lui fit seller un âne.

» Je suis encore fatiguée d'hier, dit-elle, mais la promenade me fera du bien ; allons à Châalis.

Et nous voilà traversant la forêt, suivis du petit garçon armé d'une branche. Bientôt Sylvie voulut s'arrêter, et je l'embrassai en l'engageant à s'asseoir. La conversation entre nous ne pouvait plus être bien intime. Il fallut lui raconter ma vie à Paris, mes voyages...

» Comment peut-on aller si loin ! dit-elle.

— Je m'en étonne en vous revoyant.

— Oh ! cela se dit !

— Et convenez que vous étiez moins jolie autrefois.

— Je n'en sais rien.

— Vous souvenez-vous du temps où nous étions enfants et vous la plus grande ?

— Et vous le plus sage !

— Oh ! Sylvie !

— On nous mettait sur l'âne chacun dans un panier.

— Et nous ne nous disions pas *vous*... Te rappelles-tu que tu m'apprenais à pêcher des écrevisses sous les ponts de la Thève et de la Nonette ?

— Et toi, te souviens-tu de ton frère de lait qui t'a un jour retiré... *de l'iau ?*

— Le *grand frisé !* c'est lui qui m'avait dit qu'on pouvait la passer, *l'iau !* »

Je me hâtai de changer la conversation. Ce souvenir m'avait vivement rappelé l'époque où je venais dans le pays, vêtu d'un petit habit à l'anglaise qui faisait rire les paysans. Sylvie seule me trouvait bien mis ; mais je n'osais lui rappeler cette opinion d'un temps si ancien. Je ne sais pourquoi ma pensée se porta sur les habits de noces que nous avions revêtus chez la vieille tante à Othys. Je demandai ce qu'ils étaient devenus.

« Ah ! la bonne tante, dit Sylvie, elle m'avait
prêté sa robe pour aller danser au carnaval à Dammartin, il y a de cela deux ans. L'année d'après,
elle est morte, la pauvre tante ! »

Elle soupirait et pleurait, si bien que je ne pus
lui demander par quelle circonstance elle était
allée à un bal masqué; mais, grâce à ses talents
d'ouvrière, je comprenais assez que Sylvie n'était
plus une paysanne. Ses parents seuls étaient restés dans leur condition, et elle vivait au milieu
d'eux comme une fée industrieuse, répandant
l'abondance autour d'elle.

XI

RETOUR

La vue se découvrait au sortir du bois. Nous
étions arrivés au bord des étangs de Châalis. Les
galeries du cloître, la chapelle aux ogives élancées,
la tour féodale et le petit château qui abrita les
amours de Henri IV et de Gabrielle, se teignaient
des rougeurs du soir sur le vert sombre de la forêt.

» C'est un paysage de Walter Scott, n'est-ce
pas? disait Sylvie.

— Et qui vous a parlé de Walter Scott ? lui dis-

je. Vous avez donc bien lu depuis trois ans !...
Moi, je tâche d'oublier les livres, et ce qui me
charme, c'est de revoir avec vous cette vieille
abbaye, où tout petits enfants, nous nous cachions
dans les ruines. Vous souvenez-vous, Sylvie, de la
peur que vous aviez quand le gardien nous racontait l'histoire des moines rouges ?

— Oh ! ne m'en parlez pas.

— Alors, chantez-moi la chanson de la belle
fille enlevée au jardin de son père, sous le rosier
blanc.

— On ne chante plus cela.

— Seriez-vous devenue musicienne ?

— Un peu.

— Sylvie, Sylvie, je suis sûr que vous chantez
des airs d'opéra ?

— Pourquoi vous plaindre ?

— Parce que j'aimais les vieux airs, et que vous
ne saurez plus les chanter.

Sylvie modula quelques sons d'un grand air
d'opéra moderne... Elle *phrasait !*

Nous avions tourné les étangs voisins. Voici
la verte pelouse, entourée de tilleuls et d'ormeaux,
où nous avons dansé souvent ! J'eus l'amour-
propre de définir les vieux murs carlovingiens et
de déchiffrer les armoiries de la maison d'Este.

« Et vous ! comme vous avez lu plus que moi !
dit Sylvie. Vous êtes donc un savant ? »

J'étais piqué de son ton de reproche. J'avais
jusque-là cherché l'endroit convenable pour renou-
veler le moment d'expansion du matin ; mais que
lui dire avec l'accompagnement d'un âne et d'un
petit garçon, très éveillé, qui prenait plaisir à se
rapprocher toujours pour entendre parler un Parisien ? Alors, j'eus le malheur de raconter l'apparition de Châalis, restée dans mes souvenirs. Je
menai Sylvie dans la salle même du château où
j'avais entendu chanter Adrienne.

« Oh ! que je vous entende ! lui dis-je ; que votre
voix chérie résonne sous ces voûtes et en chasse
l'esprit qui me tourmente, fût-il divin ou bien
fatal ! »

Elle répéta les paroles et le chant après moi.

> Anges, descendez promptement
> Au fond du Purgatoire !...

» C'est bien triste ! me dit-elle.
— C'est sublime... Je crois que c'est du Por-
pora, avec des vers traduits au dix-neuvième siècle.
— Je ne sais pas », répondit Sylvie.

Nous sommes revenus par la vallée, en suivant

le chemin de Charlepont, que les paysans, peu
étymologistes de leur nature, s'obstinent à appeler
Châllepont, Sylvie, fatiguée de l'âne, s'appuyait sur
mon bras. La route était déserte; j'essayai de
parler des choses que j'avais dans le cœur; mais,
je ne sais pourquoi, je ne trouvais que des expres-
sions vulgaires, ou bien tout à coup quelque phrase
pompeuse de roman, — que Sylvie pouvait avoir
lue. Je m'arrêtais alors avec un goût tout classique,
et elle s'étonnait parfois de ces effusions inter-
rompues. Arrivés aux murs de Saint-S..., il fallait
prendre garde à notre marche. On traverse des
prairies humides où serpentent les ruisseaux.

« Qu'est devenue la religieuse? dis-je tout à
coup.

— Ah! vous êtes terrible avec votre religieuse...
Eh bien!... eh bien! cela a mal tourné. »

Sylvie ne voulut pas m'en dire un mot de plus.

Les femmes sentent-elles vraiment que telle ou
telle parole passe sur les lèvres sans sortir du cœur?
On ne le croirait pas, à les voir si facilement abu-
sées, à se rendre compte des choix qu'elles font le
plus souvent : il y a des hommes qui jouent si bien
la comédie de l'amour! Je n'ai jamais pu m'y faire,
quoique sachant que certaines acceptent sciemment
d'être trompées. D'ailleurs, un amour qui remonte

à l'enfance est quelque chose de sacré... Sylvie, que j'avais vue grandir, était pour moi comme une sœur. Je ne pouvais tenter une séduction... Une tout autre idée vint traverser mon esprit.

« A cette heure-ci, me dis-je, je serais au théâtre... Qu'est-ce qu'Aurélie (c'était le nom de l'actrice) doit donc jouer ce soir ! Évidemment, le rôle de la princesse dans le drame nouveau. Oh ! le troisième acte, qu'elle y est touchante !... Et dans la scène d'amour du second ! avec ce jeune premier tout ridé...

— Vous êtes dans vos réflexions ? » dit Sylvie. Et elle se mit à chanter :

A Dammartin l'y a trois belles filles :
L'y en a z'une plus belle que le jour...

« Ah ! méchante ! m'écriai-je, vous voyez bien que vous en savez encore, des vieilles chansons.

— Si vous veniez plus souvent ici, j'en retrouverais, dit-elle, mais il faut songer au solide. Vous avez vos affaires de Paris, j'ai mon travail ; ne rentrons pas trop tard : il faut que demain je sois levée avec le soleil. »

XII

LE PÈRE DODU

J'ALLAIS répondre, j'allais tomber à ses pieds,
j'allais offrir la maison de mon oncle, qu'il m'était
possible encore de racheter, car nous étions plusieurs héritiers, et cette petite propriété était restée
indivise ; mais en ce moment nous arrivions à
Loisy. On nous attendait pour souper. La soupe à
l'oignon répandait au loin son parfum patriarcal.
Il y avait des voisins invités pour ce lendemain de
fête. Je reconnus tout de suite un vieux bûcheron,
le père Dodu, qui racontait jadis aux veillées des
histoires si comiques ou si terribles. Tour à tour
berger, messager, garde-chasse, pêcheur, bra-
connier même, le père Dodu fabriquait à ses
moments perdus des coucous et des tournebroches.
Pendant longtemps il s'était consacré à promener
les Anglais dans Ermenonville, en les conduisant
aux lieux de méditation de Rousseau et en leur
racontant ses derniers moments. C'était lui qui
avait été le petit garçon que le philosophe employait
à classer ses herbes, et à qui il donna l'ordre de
cueillir les ciguës dont il exprima le suc dans sa
tasse de café au lait. L'aubergiste de *la Croix d'or*

lui contestait ce détail ; de là des haines prolongées.
On avait longtemps reproché au père Dodu la possession de quelques secrets bien innocents, comme
de guérir les vaches avec un verset dit à rebours
et le signe de croix figuré du pied gauche ; mais il
avait de bonne heure renoncé à ces superstitions,
— grâce au souvenir, disait-il, des conversations
de Jean-Jacques.

« Te voilà, petit Parisien ? me dit le père Dodu.
Tu viens pour débaucher nos filles ?

— Moi, père Dodu !

— Tu les emmènes dans les bois pendant que le
loup n'y est pas !

— Père Dodu, c'est vous qui êtes le loup.

— Je l'ai été tant que j'ai trouvé des brebis ; à
présent, je ne rencontre plus que des chèvres, et
qu'elles savent bien se défendre ! Mais, vous autres,
vous êtes des malins à Paris. Jean-Jacques avait
bien raison de dire : « L'homme se corrompt dans
l'air empoisonné des villes. »

— Père Dodu, vous savez trop bien que l'homme
se corrompt partout. »

Le père Dodu se mit à entonner un air à boire ;
on voulut en vain l'arrêter à un certain couplet
scabreux que tout le monde savait par cœur. Sylvie
ne voulut pas chanter, malgré nos prières, disant

qu'on ne chantait plus à table. J'avais remarqué déjà que l'amoureux de la veille était assis à sa gauche. Il y avait je ne sais quoi dans sa figure ronde, dans ses cheveux ébouriffés, qui ne m'était pas inconnu. Il se leva et vint derrière ma chaise en disant :

« Tu ne me reconnais donc pas, Parisien ? »

Une bonne femme qui venait de rentrer au dessert après nous avoir servis, me dit à l'oreille :

« Vous ne reconnaissez pas votre frère de lait? »

Sans cet avertissement, j'allais être ridicule.

« Ah ! c'est toi, *grand frisé!* dis-je, c'est toi, le même qui m'a retiré de *l'iau!* »

Sylvie riait aux éclats de cette reconnaissance.

« Sans compter, disait ce garçon en m'embrassant, que tu avais une belle montre en argent, et qu'en revenant tu étais bien plus inquiet de ta montre que de toi-même, parce qu'elle ne marchait plus ; tu disais : « La *bête* est *nayée,* ça ne « fait plus tic-tac; qu'est-ce que mon oncle va « dire ?... »

— Une bête dans une montre! dit le père Dodu, voilà ce qu'on leur fait croire à Paris, aux enfants ! »

Sylvie avait sommeil, je jugeai que j'étais perdu

dans son esprit. Elle remonta à sa chambre, et, pendant que je l'embrassais, elle dit :

» A demain, venez nous voir ! »

Le père Dodu était resté à table avec Sylvain et mon frère de lait ; nous causâmes longtemps autour d'un flacon de *ratafia* de Louvres.

« Les hommes sont égaux, dit le père Dodu entre deux couplets ; je bois avec un pâtissier comme je ferais avec un prince.

— Où est le pâtissier ? dis-je.

— Regarde à côté de toi ! un jeune homme qui a l'ambition de s'établir. »

Mon frère de lait parut embarrassé. J'avais tout compris. C'est une fatalité qui m'était réservée d'avoir un frère de lait dans un pays illustré par Rousseau, — qui voulait supprimer les nourrices !

— Le père Dodu m'apprit qu'il était fort question du mariage de Sylvie avec le *grand frisé*, qui voulait aller former un établissement de pâtisserie à Dammartin. Je n'en demandai pas davantage. La voiture de Nanteuil-le-Haudoin me ramena le lendemain à Paris.

XIII

AURÉLIE

A Paris ! La voiture met cinq heures. Je n'étais

pressé d'arriver que pour le soir. Vers huit heures
j'étais assis dans ma stalle accoutumée; Aurélie
répandit son inspiration et son charme sur des
vers faiblement inspirés de Schiller, que l'on devait à un talent de l'époque. Dans la scène du jardin, elle devint sublime. Pendant le quatrième acte,
où elle ne paraissait pas, j'allai acheter un bouquet
chez Mme Prévost. J'y insérai une lettre fort tendre
signée *Un inconnu*.

Je me dis.

« Voilà quelque chose de fixé pour l'avenir. »

Et, le lendemain, j'étais sur la route d'Allemagne.

Qu'allais-je y faire? Essayer de remettre l'ordre
dans mes sentiments. — Si j'écrivais un roman,
jamais je ne pourrais faire accepter l'histoire d'un
cœur épris de deux amours simultanés. Sylvie
m'échappait par ma faute; mais la revoir un jour
aurait suffi pour relever mon âme : je la plaçais
désormais comme une statue souriante dans le
temple de la Sagesse. Son regard m'avait arrêté
au bord de l'abîme. Je repoussais avec plus de
force encore l'idée d'aller me présenter à Aurélie,
pour lutter avec tant d'amoureux vulgaires qui
brillaient un instant près d'elle et retombaient
brisés.

« Nous verrons quelque jour, me dis-je, si cette
femme a un cœur. »

Un matin, je lus dans un journal qu'Aurélie
était malade. Je lui écrivis des montagnes de Salz-
bourg. La lettre était si empreinte de mysticisme
germanique que je n'en devais pas attendre un
grand succès, mais aussi je ne demandais pas de réponse. Je comptais un peu sur le hasard et sur —
l'*inconnu*.

Des mois se passent. A travers mes courses et
mes loisirs, j'avais entrepris de fixer dans une action poétique les amours du peintre Colonna pour
la belle Laura, que ses parents firent religieuse,
et qu'il aima jusqu'à la mort. Quelque chose dans
ce sujet se rapportait à mes préoccupations cons-
tantes. Le dernier vers du drame écrit, je ne son-
geai plus qu'à revenir en France.

Que dire maintenant qui ne soit l'histoire de
tant d'autres ? J'ai passé par tous les cercles de
ces lieux d'épreuves qu'on appelle théâtres. « J'ai
mangé du tambour et bu de la cymbale », comme
dit la phrase dénuée de sens apparent des initiés
d'Éleusis. Elle signifie sans doute qu'il faut au
besoin passer les bornes du bon sens et de l'absur-
dité : la raison pour moi c'était de conquérir et de
fixer mon idéal.

Aurélie avait accepté le rôle principal dans le drame que je rapportais d'Allemagne. Je n'oublierai jamais le jour où elle me permit de lui lire la pièce. Les scènes d'amour étaient préparées à son intention. Je crois bien que je les dis avec âme, mais surtout avec enthousiasme. Dans la conversation qui suivit, je me révélai comme l'inconnu des deux lettres. Elle me dit :

« Vous êtes bien fou ; mais revenez me voir... Je n'ai jamais pu trouver quelqu'un qui sût m'aimer. »

O femme ! tu cherches l'amour... Et moi, donc ?

Les jours suivants, j'écrivis les lettres les plus tendres, les plus belles que sans doute elle eût jamais reçues. J'en recevais d'elle qui étaient pleines de raison. Un instant elle fut touchée, m'appela près d'elle, et m'avoua qu'il lui était difficile de rompre un attachement plus ancien.

« Si c'est bien *pour moi* que vous m'aimez, dit-elle, vous comprendrez que je ne puis être qu'à un seul. »

Deux mois plus tard, je reçus une lettre pleine d'effusion. Je courus chez elle. — Quelqu'un me donna dans l'intervalle un détail précieux. Le beau jeune homme que j'avais rencontré une nuit au cercle venait de prendre un engagement dans les spahis.

6

L'été suivant, il y avait des courses à Chantilly.
La troupe de théâtre où jouait Aurélie donnait là
une représentation. Une fois dans le pays, la troupe
était pour trois jours aux ordres du régisseur. Je
m'étais fait l'ami de ce brave homme, ancien Do-
rante des comédies de Marivaux, longtemps jeune
premier de drame, et dont le dernier succès avait
été le rôle d'amoureux dans la pièce imitée de
Schiller, où mon binocle me l'avait montré si
ridé. De plus, il paraissait plus jeune, et resté
maigre, il produisait encore de l'effet dans les
provinces. Il avait du feu. J'accompagnais la
troupe en qualité de *seigneur poète;* je persuadai
au régisseur d'aller donner des représentations
à Senlis et à Dammartin. Il penchait d'abord
pour Compiègne; mais Aurélie fut de mon avis.
Le lendemain, pendant que l'on allait traiter avec
les propriétaires des salles et les autorités, je
louai des chevaux, et nous prîmes la route des
étangs de Commelle pour aller déjeuner au château
de la reine Blanche. Aurélie, en amazone, avec
ses cheveux blonds flottants, traversait la forêt
comme une reine d'autrefois, et les paysans s'arrêtaient éblouis. — Mme de F... était la seule
qu'ils eussent vue si imposante et si gracieuse
dans ses saluts. — Après le déjeuner, nous des-

cendîmes dans des villages rappelant ceux de la
Suisse, où l'eau de la Nonette fait mouvoir des
scieries. Ces aspects chers à mes souvenirs l'inté-
ressaient sans l'arrêter. J'avais projeté de conduire
Aurélie au château, près d'Orry, sur la même
place verte où pour la première fois, j'avais vu
Adrienne. — Nulle émotion ne parut en elle. Alors
je lui racontai tout ; je lui dis la source de cet
amour entrevu dans mes nuits, rêvé plus tard, réalisé
en elle. Elle m'écoutait sérieusement et me dit :

« Vous ne m'aimez pas ! Vous attendez que je
vous dise : « La comédienne est la même que la
» religieuse » ; vous cherchez un drame, voilà tout,
et le dénouement vous échappe. Allez, je ne vous
crois plus ! »

Cette parole fut un éclair. Ces enthousiasmes
bizarres que j'avais ressentis si longtemps, ces
rêves, ces pleurs, ces désespoirs et ces tendresses...
ce n'était donc pas l'amour ? Mais où donc est-il ?

Aurélie joua le soir à Senlis. Je crus m'apercevoir qu'elle avait un faible pour le régisseur, le
jeune premier ridé. Cet homme était d'un caractère
excellent et lui avait rendu des services.

Aurélie m'a dit un jour :

» Celui qui m'aime, le voilà ! »

XIV

DERNIER FEUILLET

Telles sont les chimères qui charment et égarent au matin de la vie. J'ai essayé de les fixer sans beaucoup d'ordre, mais bien des cœurs me comprendront. Les illusions tombent l'une après l'autre, comme les écorces d'un fruit, et le fruit c'est l'expérience. Sa saveur est amère ; elle a pourtant quelque chose d'âcre qui fortifie ; — qu'on me pardonne ce style vieilli. Rousseau dit que le spectacle de la nature console de tout. Je cherche parfois à retrouver mes bosquets de Clarens perdus au nord de Paris, dans les brumes. Tout cela est bien changé !

Ermenonville ! pays où fleurissait encore l'idylle antique, — traduite une seconde fois d'après Gessner ! tu as perdu ta seule étoile, qui chatoyait pour moi d'un double éclat. Tour à tour bleue et rose comme l'astre trompeur d'Aldébaran, c'était Adrienne et Sylvie, c'étaient les deux moitiés d'un seul amour. L'une était l'idéal sublime, l'autre la douce réalité. Que me font maintenant tes ombrages et tes lacs, et même ton désert ? Othys, Montagny, Loiseaux, pauvres hameaux voisins, Châalis, — que l'on restaure, — vous n'avez rien

gardé de tout ce passé! Quelquefois, j'ai besoin de
revoir ces lieux de solitude et de rêverie. J'y relève
tristement en moi-même les traces fugitives d'une
époque où le naturel était affecté ; je souris parfois
en lisant sur les flancs des granits certains vers de
Roucher, qui m'avaient paru sublimes — ou des
maximes de bienfaisance au-dessus d'une fontaine
ou d'une grotte consacrée à Pan. Les étangs,
creusés à si grands frais, étalent en vain leur eau
morte que le cygne dédaigne. Il n'est plus, le temps
où les chasses de Condé passaient avec leurs ama-
zones fières, où les cors se répondaient de loin
multipliés par les échos !... Pour se rendre à Ermenonville, on ne trouve plus aujourd'hui de route
directe. Quelquefois j'y vais par Creil et Senlis ;
d'autres fois, par Dammartin.

A Dammartin, l'on n'arrive jamais que le soir.
Je vais coucher alors à l'*Image saint Jean*. On me
donne d'ordinaire une chambre assez propre ten-
due en vieille tapisserie avec un trumeau au-dessus de la glace. Cette chambre est un dernier retour
vers le bric-à-brac, auquel j'ai depuis longtemps
renoncé. On y dort chaudement sous l'édredon,
qui est d'usage dans ce pays. Le matin, quand
j'ouvre la fenêtre, encadrée de vigne et de roses, je
découvre avec ravissement un horizon vert de dix

lieues, où les peupliers s'alignent comme des armées. Quelques villages s'abritent çà et là sous leurs clochers aigus, construits, comme on dit là, en pointes d'ossements. On distingue d'abord Othys, — puis Ève, puis Ver; on distinguerait Ermenonville à travers le bois, s'il avait un clocher; mais, dans ce lieu philosophique, on a bien négligé l'église. Après avoir rempli mes poumons de l'air si pur qu'on respire sur ces plateaux, je descends gaiement et je vais faire un tour chez le pâtissier. « Te voilà, grand frisé ! — Te voilà, petit Parisien ! » Nous nous donnons les coups de poing amicaux de l'enfance, puis je gravis un certain escalier où les joyeux cris de deux enfants accueillent ma venue. Le sourire athénien de Sylvie illumine ses traits charmés. Je me dis :

« Là était le bonheur peut-être ; cependant... »

Je l'appelle quelquefois Lolotte, et elle me trouve un peu de ressemblance avec Werther, moins les pistolets, qui ne sont plus de mode. Pendant que le *grand frisé* s'occupe du déjeuner, nous allons promener les enfants dans les allées des tilleuls qui ceignent les débris des vieilles tours de brique du château. Tandis que ces petits s'exercent, au tir des compagnons de l'arc, à ficher dans la paille les flèches paternelles, nous lisons quelques poésies

ou quelques pages de ces livres si courts qu'on ne
fait plus guère.

J'oubliais de dire que, le jour où la troupe dont
faisait partie Aurélie a donné une représentation à
Dammartin, j'ai conduit Sylvie au spectacle, et je
lui ai demandé si elle ne trouvait pas que l'actrice
ressemblait à une personne qu'elle avait connue
déjà.

« A qui donc?

— Vous souvenez-vous d'Adrienne? »

Elle partit d'un grand éclat de rire en disant :

« Quelle idée ! »

Puis, comme se le reprochant, elle reprit en
soupirant :

« Pauvre Adrienne ! elle est morte au couvent
de Saint-S..., vers 1832. »

CHANSONS ET LÉGENDES

DU VALOIS

Chaque fois que ma pensée se reporte aux souvenirs de cette province du Valois, je me rappelle avec ravissement les chants et les récits qui ont bercé mon enfance. La maison de mon oncle était toute pleine de voix mélodieuses, et celles des servantes qui nous avaient suivis à Paris chantaient tout le jour les ballades joyeuses de leur jeunesse, dont malheureusement je ne puis citer les airs. J'en ai donné ailleurs quelques fragments. Aujourd'hui, je ne puis arriver à les compléter, car tout cela est profondément oublié; le secret en est demeuré dans la tombe des aïeules. Avant d'écrire, chaque peuple a chanté; toute peine s'inspire à ces sources naïves, et l'Espagne, l'Allemagne, l'Angleterre, citent chacune avec orgueil leur roman-

cero national. Pourquoi la France n'a-t-elle pas
le sien ? On publie aujourd'hui les chansons
patoises de Bretagne et d'Aquitaine, mais aucun
chant des vieilles provinces où s'est toujours parlée
la vraie langue française ne nous sera conservé. Je
crains encore que le travail qui se prépare ne soit
fait purement au point de vue historique et scienti-
fique. Nous aurons des ballades franques, nor-
mandes, des chants de guerre, des lais et des vire-
lais, des guerz bretons, des noëls bourguignons et
picards... Mais songera-t-on à recueillir ces chants
de la vieille *France*, dont je cite ici des fragments
épars, et qui n'ont jamais été complétés ni réunis ?
C'est qu'on n'a jamais voulu admettre dans les
livres des vers composés sans souci de la rime, de
la prosodie et de la syntaxe ; la langue du berger,
du marinier, du charretier qui passe, est bien la
nôtre, à quelques élisions près, avec des tournures
douteuses, des mots hasardés, des terminaisons et
des liaisons de fantaisie ; mais elle porte un cachet
d'ignorance qui révolte l'homme du monde bien
plus que ne fait le patois. Pourtant, ce langage a
ses règles, ou du moins ses habitudes régulières,
et il est fâcheux que des couplets tels que ceux de
la célèbre romance : « Si j'étais hirondelle »,
soient abandonnés, pour deux ou trois consonnes

singulièrement placées, au répertoire chantant des
concierges et des cuisinières.

Quoi de plus gracieux et de plus poétique pourtant !

> Si j'étais hirondelle,
> Que je puisse voler,
> Sur votre sein, la belle,
> J'irais me reposer !

Il faut continuer, il est vrai, par : « J'ai z'un
coquin de frère... », ou risquer un hiatus terrible ;
mais pourquoi aussi la langue a-t-elle repoussé ce
z si commode, si liant, si séduisant, qui faisait tout
le charme du langage de l'ancien Arlequin, et que
la jeunesse dorée du Directoire a tenté en vain de
faire passer dans le langage des salons ?

Ce ne serait rien encore, et de légères corrections
rendraient à notre poésie légère, si pauvre, si peu
inspirée, ces charmantes et naïves productions de
poètes modestes ; mais la rime, cette sévère rime
française, comment s'arrangerait-elle du couplet
suivant ?

> La fleur de l'olivier
> Que vous avez aimé,
> Charmante beauté !
> Et vos beaux yeux charmants,
> Que mon cœur aime tant,
> Les faudra-t-il quitter ?

Observez que la musique se prête admirable-

ment à ces hardiesses ingénues, et trouve dans
les assonances, ménagées suffisamment d'ailleurs,
toutes les ressources que la poésie doit lui offrir.
Voilà deux charmantes chansons, qui ont comme
un parfum de la Bible, dont la plupart des couplets
sont perdus, parce que personne n'a jamais osé les
écrire ou les imprimer. Nous en dirons autant de
celle où se trouve la strophe suivante :

> Enfin vous voilà donc,
> Ma belle mariée,
> Enfin vous voilà donc
> A votre époux liée
> Avec un long fil d'or
> Qui ne rompt qu'à la mort!

Quoi de plus pur, d'ailleurs, comme langue et
comme pensée? Mais l'auteur de cet épithalame ne
savait pas écrire, et l'imprimerie nous conserve
les gravelures de Collé, de Piis et de Panard! Les
étrangers reprochent à notre peuple de n'avoir aucun sentiment de la poésie et de la couleur; mais où
trouver une composition et une imagination plus
orientales que dans cette chanson de nos mariniers?

> Ce sont les filles de La Rochelle
> Qui ont armé un bâtiment
> Pour aller faire la course
> Dedans les mers du Levant.
>
> La coque en est en bois rouge,
> Travaillé fort proprement;

La mâture est en ivoire,
Les poulies en diamant ;

La grand' voile est en dentelle,
La misaine en satin blanc ;
Les cordages du navire
Sont de fils d'or et d'argent.

L'équipage du navire,
C'est tout filles de quinze ans ;
Les gabiers de la grande hune
N'ont pas plus de dix-huit ans ! Etc.

Les richesses poétiques n'ont jamais manqué au marin ni au soldat français, qui ne rêvent dans leurs chants que filles de roi, sultanes et même présidentes, comme dans la ballade trop connue :

C'est dans la ville de Bordeaux
Qu'il est arrivé trois vaisseaux, etc.

Mais le tambour des gardes françaises, où s'arrêtera-t-il, celui-là ?

Un joli tambour s'en allait à la guerre, etc.

La fille du roi est à sa fenêtre, le tambour la demande en mariage. « Joli tambour, dit le roi, tu n'es pas assez riche ! — Moi ? dit le tambour sans se déconcerter.

J'ai trois vaisseaux sur la mer gentille.
L'un chargé d'or, l'autre de perles fines,
Et le troisième pour promener ma mie !

— Touche là, tambour, lui dit le roi, tu n'auras pas ma fille ! — Tant pis ! dit le tambour, j'en

trouverai de plus gentilles!... » Étonnez-vous,
après ce tambour-là, de nos soldats devenus rois !
Voyons maintenant ce que va faire un capitaine :

> A Tours en Touraine,
> Cherchant ses amours ;
> Il les a cherchées,
> Il les a trouvées
> En haut d'une tour.

Le père n'est pas un roi, c'est un simple chape-
lain qui répond à la demande en mariage :

> Mon beau capitaine,
> Ne te mets en peine,
> Tu ne l'auras pas.

La réplique du capitaine est superbe :

> Je l'aurai par terre,
> Je l'aurai par mer
> Ou par trahison.

Il fait si bien, en effet, qu'il enlève la jeune fille
sur son cheval, et l'on va voir comme elle est bien
traitée une fois en sa possession :

> A la première ville,
> Son amant l'habille
> Tout en satin blanc !
> A la seconde ville,
> Son amant l'habille
> Tout d'or et d'argent.

> A la troisième ville,
> Son amant l'habille

> Tout en diamants !
> Elle était si belle
> Qu'elle passait pour reine
> Dans le régiment !

Après tant de richesses dévolues à la verve un peu gasconne du militaire et du marin, envierons-nous le sort du simple berger ? Le voilà qui chante et qui rêve :

> Au jardin de mon père,
> Vole, mon cœur, vole !
> Il y a z'un pommier doux,
>   Tout doux !
> Trois belles princesses,
> Vole, mon cœur, vole !
> Trois belles princesses
> Sont couchées dessous, etc.

Est-ce donc la vraie poésie, est-ce la soif mélancolique de l'idéal qui manque à ce peuple pour comprendre et produire des chants dignes d'être comparés à ceux de l'Allemagne et de l'Angleterre ? Non, certes ; mais il est arrivé qu'en France la littérature n'est jamais descendue au niveau de la grande foule ; les poëtes académiques du XVIIe et du XVIIIe siècle n'auraient pas plus compris de telles inspirations que les paysans n'eussent admiré leurs odes, leurs épîtres et leurs poésies fugitives, si incolores, si gourmées. Pourtant, comparons encore la chanson que je vais citer à

tous ces bouquets à Chloris qui faisaient, vers ce
temps, l'admiration des belles compagnies :

Quand Jean Renaud de la guerre revint,
  Il en revint triste et chagrin.
  « Bonjour, ma mère ! — Bonjour, mon fils !
Ta femme est accouchée d'un petit.

  — Allez, ma mère, allez devant,
Faites-moi dresser un beau lit blanc ;
Mais faites-le dresser si bas
Que ma femme ne l'entende pas ! »

Et, quand ce fut vers le minuit,
Jean Renaud a rendu l'esprit.

Ici, la scène de la ballade change et se trans-
porte dans la chambre de l'accouchée.

« Ah ! dites, ma mère, ma mie,
Ce que j'entends pleurer ici ?
— Ma fille, ce sont les enfants
Qui se plaignent du mal de dents.

  — Ah ! dites, ma mère, ma mie,
Ce que j'entends clouer ici ?
— Ma fille, c'est le charpentier
Qui raccommode le plancher !

  — Ah ! dites, ma mère, ma mie,
Ce que j'entends chanter ici ?
— Ma fille, c'est la procession
Qui fait le tour de la maison !

Mais dites, ma mère, ma mie,
Pourquoi donc pleurez-vous ainsi ?
— Hélas ! je ne puis le cacher :
C'est Jean Renaud qui est décédé.

  — Ma mère ! dites au fossoyeux
Qu'il fasse la fosse pour deux.

Et que l'espace y soit si grand
Qu'on y renferme aussi l'enfant! »

Ceci ne le cède en rien aux plus touchantes ballades allemandes; il n'y manque qu'une certaine exécution de détail qui manquait aussi à la légende primitive de *Lénore* et à celle du *Roi des Aulnes*, avant Gœthe et Burger. Mais quel parti encore un poète eût tiré de la *Complainte de Saint Nicolas*, que nous allons citer en partie!

Il était trois petits enfants
Qui s'en allaient glaner aux champs.

S'en vont au soir chez un boucher.
« Boucher, voudrais-tu nous loger?
— Entrez, entrez, petits enfants,
Il y a de la place assurément. »

Ils n'étaient pas sitôt entrés
Que le boucher les a tués,
Les a coupés en petits morceaux,
Mis au saloir comme pourceaux.

Saint Nicolas au bout d' sept ans,
Saint Nicolas vint dans ce champ.
Il s'en alla chez le boucher :
« Boucher, voudrais-tu me loger?

— Entrez, entrez, saint Nicolas,
Il y a d' la place, il n'en manque pas. »
Il n'était pas sitôt entré
Qu'il a demandé à souper.

« Voulez-vous un morceau d' jambon?
— Je n'en veux pas, il n'est pas bon.
— Voulez-vous un morceau de veau?
— Je n'en veux pas, il n'est pas beau!

7

« Du p'tit salé je veux avoir,
Qu'il y a sept ans qu'est dans l' saloir! »
Quand le boucher entendit cela,
Hors de sa porte il s'enfuya.

Boucher, boucher, ne t'enfuis pas,
Repens-toi, Dieu te pardonn'ra. »
Saint Nicolas posa trois doigts
Dessus le bord de ce saloir.

Le premier dit : « J'ai bien dormi! »
Le second dit : « Et moi aussi! »
Et le troisième répondit :
« Je croyais être en paradis! »

N'est-ce pas là une ballade d'Uhland, moins les
beaux vers ? Mais il ne faut pas croire que l'exécution manque toujours à ces naïves inspirations
populaires.

A part les rimes incorrectes, la chanson que
nous avons citée dans les *Faux-Saulniers : * « Le
roi Loys est sur son pont », composée sur un des
plus beaux airs qui existent, est déjà de la vraie
poésie romantique et chevaleresque ; c'est comme
un chant d'église croisé par un chant de guerre ;
on n'a pas conservé la seconde partie de la ballade,
dont pourtant nous connaissons vaguement le sujet.
Le beau Lautrec, l'amant de cette noble fille,
revient de la Palestine au moment où on la portait
en terre. Il rencontre l'escorte sur le chemin de
Saint-Denis. Sa colère met en fuite prêtres et
archers, et le cercueil reste en son pouvoir. « Don-

nez-moi, dit-il à sa suite, donnez-moi mon couteau
d'or fin, que je découse ce drap de lin ! » Aussitôt
délivrée de son linceul, la belle revient à la vie.
Son amant l'enlève et l'emmène dans son château
a u fond des forêts. Vous croyez *qu'ils vécurent heureux* et que tout se termina là ; mais, une fois plongé
dans les douceurs de la vie conjugale, le beau Lautrec n'est plus qu'un mari vulgaire, il passe tout
son temps à pêcher au bord de son lac, si bien
qu'un jour sa fière epouse vient doucement derrière
lui et le pousse résolument dans l'eau noire, en lui
criant :

> Va-t-en, vilain pêche-poissons!
> Quand ils seront bons,
> Nous en mangerons.

Propos mystérieux, digne d'Arcabonne ou de
Mélusine. — En expirant, le pauvre châtelain a la
force de détacher ses clefs de sa ceinture et de les
jeter à la fille du roi, en lui disant qu'elle est
désormais maîtresse et souveraine, et qu'il se trouve
heureux de mourir par sa volonté!... Il y a dans
cette conclusion bizarre quelque chose qui frappe
involontairement l'esprit, qui laisse douter si le
poëte a voulu finir par un trait de satire, ou si cette
belle morte que Lautrec a tirée du linceul n'était

pas une sorte de femme vampire, comme les légendes nous en présentent souvent.

Du reste, les variantes et les interpolations sont fréquentes dans ces chansons; chaque province possédait une version différente. On a recueilli comme une légende du Bourbonnais *la Jeune Fille de la Garde*, qui commence ainsi :

> Au château de la Garde,
> Il y a trois belles filles ;
> Il y en a une plus belle que le jour.
> Hâte-toi, capitaine,
> Le duc va l'épouser.

C'est celle que nous avons également citée dans *les Faux Saulniers*, qui commence ainsi dans le Beauvoisis, où nous l'avons entendu chanter, dépouillée de toute couleur chevaleresque et locale :

> Dessous le laurier blanc
> La belle se promène.

Voilà le début, simple et charmant; où cela se passe-t-il? Peu importe ! Ce serait, si l'on voulait, la fille d'un sultan rêvant sous les bosquets de Schiraz. Trois cavaliers passent au clair de la lune : « Montez, dit le plus jeune, sur mon beau cheval gris. » N'est-ce pas là la course de Lénore, et n'y a-t-il pas une attraction fatale dans ces cavaliers inconnus ?

Ils arrivent à la ville, s'arrêtent à une hôtellerie éclairée et bruyante. La pauvre fille tremble de tout son corps :

> Aussitôt arrivée,
> L'hôtesse la regarde.
> « Etes-vous ici par force
> Ou pour votre plaisir?
> — Au jardin de mon père
> Trois cavaliers m'ont pris. »

Sur ce propos, le souper se prépare : « Soupez la belle, et soyez heureuse :

> Avec trois capitaines
> Vous passerez la nuit. »
> Mais le souper fini,
> La belle tomba morte.
> Elle tomba morte
> Pour ne plus revenir !

« Hélas! ma mie est morte! s'écrie le plus jeune cavalier; qu'en allons-nous faire ?... » Et ils conviennent de la reporter au château de son père, sous le rosier blanc.

> Et, au bout de trois jours,
> La belle ressuscite.
> « Ouvrez, ouvrez, mon père,
> Ouvrez sans plus tarder !
> Trois jours j'ai fait la morte,
> Pour mon honneur garder. »

La vertu des filles du peuple attaquée par des seigneurs félons a fourni encore de nombreux

sujets de romances. Il y a par exemple, la fille
d'un pâtissier que son père envoie porter des gâteaux chez un galant châtelain. Celui-ci la retient
jusqu'à la nuit close, et ne veut plus la laisser
partir. Pressée de son déshonneur, elle feint de
céder, et demande au comte son poignard pour
couper une agrafe de son corset. Elle se perce le
cœur, et les pâtissiers instituent une fête pour cette
martyre boutiquière.

Il y a des chansons de *causes célèbres* qui offrent
un intérêt moins romanesque, mais souvent plein
de terreur et d'énergie. Imaginez un homme qui
revient de la chasse et qui répond à un autre qui
l'interroge :

> « J'ai tant tué de petits lapins blancs
> Que mes souliers sont pleins de sang.
> — T'en as menti, faux traître !
> Je te ferai connaître.
> Je vois, je vois à tes pâles couleurs
> Que tu viens de tuer ma sœur ! »

Quelle poésie sombre en ces lignes qui sont à
peine des vers ! Dans un autre, un déserteur rencontre la maréchaussée, cette terrible Némésis au
chapeau brodé d'argent.

> On lui a demandé :
> « Où est votre congé ?
> — Le congé que j'ai pris, il est sous mes souliers. »

Il y a toujours une amante éplorée mêlée à ces tristes récits.

> La belle s'en va trouver son capitaine,
> Son colonel et aussi son sergent...

Le refrain est une mauvaise phrase latine, sur un ton de plain-chant, qui prédit suffisamment le sort du malheureux soldat.

Quoi de plus charmant que la chanson de Biron, si regretté dans ces contrées !

> Quand Biron voulut danser,
> Quand Biron voulut danser,
> Ses souliers fit apporter,
> Ses souliers fit apporter ;
> Sa chemise
> De Venise,
> Son pourpoint
> Fait au point,
> Son chapeau tout rond.
> Vous danserez, Biron !

Nous avons cité deux vers de la suivante :

> La belle était assise
> Près du ruisseau coulant,
> Et dans l'eau qui frétille
> Baignait ses beaux pieds blancs.
> Allons, ma mie légèrement !
> Légèrement !

C'est une jeune fille des champs qu'un seigneur surprend au bain, comme Percival surprit Grise-

lidis. Un enfant sera le résultat de leur rencontre.
Le Seigneur dit :

> « En ferons-nous un prêtre,
> Ou bien un président ?

— Non, répondit la belle, ce ne sera qu'un
paysan.

> On lui mettra la hotte
> Et trois oignons dedans...
> Il s'en ira criant :
> « Qui veut mes oignons blancs... »
> Allons, ma mie, légèrement, etc.

Nous nous arrêtons dans ces citations si incom-
plètes, si difficiles à faire comprendre sans la musique et sans la poésie des lieux et des hasards,
qui font que tel ou tel de ces chants populaires
se grave ineffaçablement dans l'esprit. Ici, ce sont
des compagnons qui passent avec leurs longs
bâtons ornés de rubans ; là, des mariniers qui des-
cendent un fleuve ; des buveurs d'autrefois (ceux
d'aujourd'hui ne chantent plus guère), des lavan-
dières, des faneuses, qui jettent au vent quelques
lambeaux des chants de leurs aïeules. Malheureusement, on les entend répéter plus souvent aujourd'hui les romances à la mode, platement spi-
rituelles, ou même franchement incolores, variées
sur trois à quatre thèmes éternels. Il serait à désirer
que de bons poètes modernes missent à profit l'ins-

piration naïve de nos pères, et nous rendissent, comme l'ont fait les poètes d'autres pays, une foule de petits chefs-d'œuvre qui se perdent de jour en jour avec la mémoire et la vie des bonnes gens du temps passé.

Voici un conte de veillée que je me souviens d'avoir entendu réciter par les vanniers.

LA REINE DES POISSONS

Il y avait dans la province du Valois, au milieu des bois de Villers-Cotterets, un petit garçon et une petite fille qui se rencontraient de temps en temps sur les bords des petites rivières du pays, l'un obligé par un bûcheron nommé Tord-Chêne, qui était son oncle, à aller ramasser du bois mort, l'autre envoyée par ses parents pour saisir de petites anguilles que la baisse des eaux permet d'entrevoir dans la vase en certaines saisons. Elle devait encore, faute de mieux, atteindre entre les pierres les écrevisses, très nombreuses dans quelques endroits.

Mais la pauvre petite fille, toujours courbée et les pieds dans l'eau, était si compatissante pour les souffrances des animaux que, le plus souvent, voyant les contorsions des poissons qu'elle tirait de la rivière, elle les y remettait et ne rapportait guère que les écrevisses, qui souvent lui pinçaient les doigts jusqu'au sang, et pour lesquelles elle devenait alors moins indulgente.

Le petit garçon, de son côté, faisant des fagots de bois mort et des bottes de bruyère, se voyait xposé souvent aux reproches de Tord-Chêne, soit parce qu'il n'en avait pas assez rapporté, soit parce qu'il s'était trop occupé à causer avec la petite pêcheuse.

Il y avait un certain jour dans la semaine où ces deux enfants ne se rencontraient jamais... Quel était ce jour? Le même sans doute où la fée Mélusine se changeait en poisson, et où les princesses de l'Edda se transformaient en cygnes.

Le lendemain d'un de ces jours-là, le petit bûcheron dit à la pêcheuse : « Te souviens-tu qu'hier je t'ai vu passer là-bas dans les eaux de Challepont avec tous les poissons qui te faisaient cortège... jusqu'aux carpes et aux brochets; et tu étais toi-même un beau poisson rouge avec les côtés tout reluisants d'écailles en or ?

— Je m'en souviens bien, dit la petite fille, puisque je t'ai vu, toi qui étais sur le bord de l'eau, et que tu ressemblais à un beau *chêne vert*, dont les branches d'en haut étaient d'or..., et que tous les arbres du bois se courbaient jusqu'à terre en te saluant.

— C'est vrai, dit le petit garçon, j'ai rêvé cela.

— Et moi aussi j'ai rêvé ce que tu m'as dit ; mais comment nous sommes-nous rencontrés deux dans le rêve ?... »

En ce moment, l'entretien fut interrompu par l'apparition de Tord-Chêne, qui frappa le petit avec un gros gourdin, en lui reprochant de n'avoir pas seulement lié encore un fagot.

« Et puis, ajouta-t-il, est-ce que je ne t'ai pas recommandé de tordre les branches qui cèdent facilement, et de les ajouter à tes fagots ?

— C'est que, dit le petit, le garde me mettrait en prison s'il trouvait dans mes fagots du bois vivant... Et puis, quand j'ai voulu le faire, comme vous me l'aviez dit, j'entendais l'arbre qui se plaignait.

— C'est comme moi, dit la petite fille, quand j'emporte des poissons dans mon panier, je les entends qui chantent si tristement que je les rejette dans l'eau... Alors on me bat chez nous !

— Tais-toi, petit masque ! dit Tord-Chêne, qui paraissait animé par la boisson, tu déranges mon neveu de son travail. Je te connais bien avec tes dents pointues couleur de perle... Tu es la reine des poissons... Mais je saurai bien te prendre à un certain jour de la semaine, et tu périras dans l'osier... dans l'osier ! »

Les menaces que Tord-Chêne avait faites dans son ivresse ne tardèrent pas à s'accomplir. La petite fille se trouva prise sous la forme de poisson rouge, que le destin l'obligeait à prendre à de certains jours. Heureusement, lorsque Tord-Chêne voulut, en se faisant aider de son neveu, tirer de l'eau la nasse d'osier, ce dernier reconnut le beau poisson rouge à écailles d'or, qu'il avait vu en rêve, comme étant la transformation accidentelle de la petite pêcheuse.

Il osa la défendre contre Tord-Chêne et le frappa même de sa galoche. Ce dernier, furieux, le prit par les cheveux, cherchant à le renverser ; mais il s'étonna de trouver une grande résistance : c'est que l'enfant tenait des pieds à la terre avec tant de force que son oncle ne pouvait venir à bout de le renverser ou de l'emporter, et le faisait en vain virer dans tous les sens.

Au moment où la résistance de l'enfant allait se trouver vaincue, les arbres de la forêt frémirent d'un bruit sourd, les branches agitées laissèrent siffler les vents, et la tempête fit reculer Tord-Chêne, qui se retira dans sa cabane de bûcheron.

Il en sortit bientôt, menaçant, terrible et trans-figuré comme un fils d'Odin ; dans sa main brillait cette hache scandinave qui menace les arbres, pareille au marteau de Thor brisant les rochers.

Le jeune roi des forêts, victime de Tord-Chêne, — son oncle, usurpateur, — savait déjà quel était son rang, qu'on voulait lui cacher. Les arbres le protégeaient, mais seulement par leur masse et leur résistance passive. En vain les broussailles et les surgeons s'entrelaçaient de tous côtés pour arrêter les pas de Tord-Chêne, celui-ci a appelé ses bûcherons et se trace un chemin à travers ces obstacles. Déjà plusieurs arbres, autrefois sacrés, du temps des vieux druides, sont tombés sous les haches et les cognées.

Heureusement, la reine des poissons n'avait pas perdu de temps. Elle était allée se jeter aux pieds de la *Marne*, de l'*Oise* et de l'*Aisne*, les trois grandes rivières voisines, leur représentant que, si l'on n'arrêtait pas les projets de Tord-Chêne et de ses compagnons, les forêts trop éclaircies n'ar-rêteraient plus les vapeurs qui produisent les pluies et qui fournissent l'eau aux ruisseaux, aux rivières et aux étangs ; que les sources elles-mêmes seraient taries et ne feraient plus jaillir l'eau nécessaire à alimenter les rivières ; sans compter que tous les poissons se verraient détruits en peu de temps, ainsi que les bêtes sauvages et les oiseaux.

Les trois grandes rivières prirent là-dessus de tels arrangements que le sol où Tord-Chêne, avec ses terribles bûcherons, travaillait à la destruction des arbres, — sans toutefois avoir pu atteindre encore le jeune prince des forêts, — fut entièrement noyé par une immense inondation, qui ne se retira qu'après la destruction entière des agresseurs.

Ce fut alors que le roi des forêts et la reine des poissons purent de nouveau reprendre leurs innocents entretiens.

Ce n'étaient plus un petit bûcheron et une petite pêcheuse, — mais un Sylphe et une Ondine, lesquels, plus tard, furent unis légitimement.

JEMMY

I

COMMENT JACQUES TOFFEL ET JEMMY O'DOUGHERTY
TIRÈRENT A LA FOIS DEUX ÉPIS ROUGES DE MAIS.

A moins de cent milles de distance du confluent
de l'Alleghany et du Monongahéla, est situé un
vallon délicieux, ou ce qu'on appelle dans la langue
du pays un *bottom*, véritable paradis borné de tous
côtés par des montagnes et par le cours de l'Ohio,
que les Français ont surnommé *Belle Rivière*. Le
versant et la cime des hauteurs qui s'étagent doucement vers l'horizon sont revêtus d'une riche
végétation de sycomores centenaires, d'aulnes et
d'acacias, tous unis par le tissu de la vigne sauvage, et sous lesquels on respire une douce frai-
cheur. Sur le premier plan, les deux rivières

réunies dans l'Ohio roulent paisiblement leurs
eaux jumelles, offrant çà et là une barque qui
glisse sur les eaux tranquilles, ou parfois quelque
bateau à vapeur, volant comme une flèche, qui fait
surgir des bandes effarouchées de canards et d'oies
sauvages établis sous l'ombre des sycomores et
des saules pleureurs. Un seul sentier conduit à la
partie supérieure du canton, à ce qu'on appelle le
haut pays, où, depuis soixante ans, des Anglais,
des Irlandais, des Allemands, et autres races euro-
péennes, se sont établis, alliés et fondus ensemble
complètement. Ce n'est pas à dire pourtant que
cette grande famille républicaine ne manifeste plus
par aucun signe sa diversité d'origine. Le descen-
dant allemand, par exemple, tient encore fortement
à sa *sauerkraut* (1); il préfère encore son *blockhaus*,
simple et rustique comme lui, à l'élégante *franchouse* de ses voisins ; la couleur favorite de son
habit à larges pans est toujours bleue ; ses bas sont
de cette couleur ; ses gros souliers ronds portent
le dimanche d'épaisses boucles d'argent, et, comme
ses aïeux encore, il affectionne les *inexpressibles* en
peau noués autour du genou avec des courroies.

La mode tyrannique, ou, comme on l'appelle là-

(1) Choucroute. — *Blockhaus*, maison construite en troncs
d'arbres équarris. — *Franchouse*, maison de charpente re-
vêtue de pierres et de plâtre.

bas, la *fashion*, n'a encore trouvé que peu d'occasions d'étendre son empire, et un chapeau très simple en paille et en soie, une robe encore plus simple d'une étoffe fabriquée dans le pays, forment toute la parure dont les familles permettent aux jeunes demoiselles d'augmenter le pouvoir de leurs charmes.

Malgré cette résistance obstinée des têtes allemandes, les différents partis vivent dans la plus parfaite union : peut-être même ces nuances contribuent-elles à l'agrément de leurs réunions et fêtes assez fréquentes, connues en général sous le nom de *froehlichs*. On appelle ainsi, en effet, les assemblées qui ont lieu chez l'un ou chez l'autre pour écosser en commun les épis de maïs. Il faut voir les couples joyeux accourant par une belle soirée d'automne des quatre points cardinaux, franchissant les haies, se frayant une route à travers les broussailles, sortant enfin des bois avec des joues rouges comme l'écarlate, et se secouant les mains en arrivant à faire craquer leurs os. Puis ils s'asseyent en demi-cercle devant la maison du rendez-vous, ayant en face une montagne de tiges de maïs, et derrière eux le vieux Bambo, destiné à couronner la fête par son talent musical, mais qui, couché en attendant sur le banc du poêle,

s'abandonne provisoirement à un sommeil tant
soit peu bruyant.

Il y a environ quarante ans qu'il y eut une de
ces réunions dans la colonie, chez Jacques Blocks-
berger. Parmi les jeunes gens qui y accoururent de
plus de cinq milles à la ronde, il s'en trouva surtout deux qu'on salua avec un empressement particulier. C'était d'abord une fraîche miss irlandaise, portant le nom sonore de Jemmy O'Dougherty, ronde et fraîche jeune fille, ayant une
gracieuse figure de lutin, des oues bien roses, un
cou de cygne, des yeux d'un bleu grisâtre, dont
certains regards faisaient mal, enfin un petit nez
tant soit peu aquilin, qui faisait supposer à celle à
qui il appartenait une certaine dose de sagacité et
aussi d'assurance et d'inflexibilité irlandaises, dont
son futur époux devait attendre quelque significa-
tion en bien ou en mal. Mais, si elle ne semblait
pas aussi patiente que Job, elle était du moins aussi
pauvre, ce qui ne l'empêchait pas de savoir arran-
ger les choses de manière à paraître partout avec
avantage, et dans une toilette irréprochable pour le
pays.

Le second personnnage dont nous avons à parler
était mister Christophorus, ou, comme on l'appelait
ordinairement, le riche Toffel (abréviation alle-

mande de Christophe), garçon de six pieds six
pouces américains, en apparence un peu lâche,
mais nerveux et solidement constitué. Indépen-
damment de ces avantages, et ils n'étaient pas à
dédaigner, Christophorus possédait encore une
métairie de trois cents acres, tout le vallon de
l'Ohio dont nous avons fait une description, une
grange bâtie en pierre, une maison ornée de ja-
lousies peintes en vert, et pourvue d'un toit en
bardeaux également peints en rouge, et, à ce qu'on
disait encore, deux bas de laine bleue que lui avait
laissés son père, et qui étaient entièrement remplis
de bons dollars espagnols. Aussi, lorsque Toffel
passait devant quelque ferme sur son cheval gris,
en sifflant un air allemand, le cœur de plus d'une
blondine se mettait à battre plus vite.

Il arriva donc que Jemmy se trouva placé à côté
de Toffel. Comment cela se fit, c'est ce que la
chronique ne dit pas bien clairement ; mais ce qui
paraît certain, c'est que la volonté de ce dernier
ne fut pour rien dans ce hasard. Toffel, comme
nous l'avons dit, était un grand garçon à larges
épaules, et, comme les bancs du local n'étaient
rien moins que commodes, il s'assit sur le tronc
d'un hickory ; Jemmy choisit sa place tout à côté
de lui, comme pour se séparer d'un certain groupe

de jeunes gens plus bruyants et plus entreprenants que notre héros. En effet, celui-ci siégeait sans mauvaise pensée, paisible comme un citoyen sensé des États-Unis, écossant des épis de maïs, et pensant à son énorme cheval, à son bétail et à ses bas bleus, ainsi qu'à mille autres choses, excepté à sa gentille voisine. Nous ne voulons pas dire que sa voisine pensât à lui ; seulement, avec toute la complaisance d'une âme chrétienne, elle entassait d'une main leste un grand nombre de tiges devant son voisin, qui, long et maladroit qu'il était, n'avait plus qu'à étendre le bras pour les écosser commodément. Mais Toffel ne faisait nulle attention à cette main amicale, et continuait d'écosser jusqu'à ce que, le tas diminuant, il lui fallait se courber et s'étendre, à sa grande gêne ; mais alors ce fut encore elle qui se courba gracieusement et rassembla quelques douzaines d'épis dans son tablier pour les poser en petit tas devant lui, le tout avec une grâce si enchanteresse qu'il était presque impossible de lui résister. Mais soyez assuré que toute cette attention eût encore échappé aux regards de notre tête carrée d'Allemand, si, précisément dans l'instant où elle tournait d'une manière si attrayante devant lui, son œil n'eût rencontré par hasard celui de Toffel, et cet œil, dirent

quelques mauvaises langues, avait alors une
expression si irrésistible que Toffel, pour la première fois, ouvrit grandement les siens.

Sur quoi il se remit à écosser son maïs, et à
prendre de temps en temps une gorgée de whiskey, sans un mot de remerciement à sa gentille et
complaisante voisine. Faut-il s'étonner si elle se
lassa d'aider à la paresse d'une bûche si insen-
sible ? Donc, quand le troisième tas fut écossé,
Jemmy ne s'occupa pas davantage de Toffel. Quoi
qu'il en soit, celui-ci commençait à se trouver
assez bien, et à prendre plus souvent sa portion de
whiskey, quand le sort jaloux le menaça de le
priver de cette consolation.

Plusieurs heures s'étaient déjà envolées depuis
que la société s'était livrée au travail, quand le
hasard voulut que les deux voisins tirassent à la
fois chacun deux épis de grain rouge. Mais il faut
savoir que, suivant un usage respectable établi aux
États-Unis, deux épis rouges qui sont tirés et
écossés en même temps par deux individus quali-
fiés, comme Jemmy O'Dougherty et Jacques Toffel,
confèrent au plus fort des deux le droit de donner
et même au besoin de prendre un baiser à l'autre.

Toffel était donc en possession d'un titre aussi
valable qu'aucun autre au monde; mais peu s'en

fallut qu'il ne le perdît, en négligeant d'en user.
En effet, il avait déjà laisser tomber sa tige, quand
Jemmy, brave fille ! s'avisa d'avoir des yeux pour
lui.

« Deux épis rouges ! s'écria-t-elle dans une
naïve ignorance de ce qu'elle faisait.

— Deux épis rouges ! » s'écrièrent aussitôt cinquante gosiers.

Et toute la société se mit debout comme si la
foudre était tombée au milieu d'elle. Ici, il fut impossible à notre Toffel de ne pas comprendre la
cause de cette émotion générale. Aussi parut-il
enfin jaloux du droit que le hasard lui avait conféré ;
mais il fallait encore vaincre la résistance de tout
le corps féminin, qui forma autour de Jemmy un
carré qui aurait défié tout un bataillon de freluquets
de la ville. Cependant Toffel n'était pas homme à
se laisser arrêter par de vaines démonstrations ; il
s'avança vers les conjurées, saisit commodément
chacune de ses adversaires après l'autre, en jeta
une demi-douzaine sur un tas d'épis à sa droite,
une demi-douzaine sur un autre tas à sa gauche,
et se fraya ainsi la route jusqu'à Jemmy, qui, il
faut le dire, lui résista bravement ; mais la citadelle
la plus forte finit par se rendre, et ainsi céda
enfin notre Irlandaise, qui laissa Toffel impri-

mer paisiblement ses lèvres larges d'un pouce sur les siennes, bien qu'elle eût pu, à ce que prétendirent quelques compagnes, éviter en partie ce terrible contact.

Ici s'arrêtent nos renseignements sur cette agréable soirée, et nous pouvons croire seulement que la tranquillité d'esprit de Toffel y reçut une forte secousse, et qu'après le *froehlich*, qui comprenait aussi la danse, il fut longtemps à s'endormir, et fit un rêve pour la première fois de sa vie.

Il arriva que, peu de temps après, par un beau soir de décembre, Toffel sella son étalon gris-pommelé, et monta au petit trot les sinuosités qui conduisent encore aujourd'hui de Toffelsville au pays haut, à travers les montagnes de l'Ohio

C'était une chose réjouissante que de voir les belles fermes au milieu desquelles il eut à passer dans sa course. Plus d'une fille fraîche et gentille, et, ce qui veut dire plus, mainte jeune fille ayant une bonne dot vivait dans ces habitations d'un extérieur grossier; plus d'une jolie bouche cria à Toffel :

« Hé ! Toffel ! encore en route si tard ? Ne voulez-vous pas entrer ? »

Mais Toffel n'avait ni yeux ni oreilles, et continuait son chemin ; et les fermes prirent un aspect

toujours plus chétif, jusqu'à ce qu'enfin il arrivât
à une pièce de terre, couverte de châtaigniers, où
sa patience semblait sur le point de l'abandonner.
C'est qu'il ne pouvait jamais voir sans humeur
cette espèce d'arbres qu'il regardait avec raison
comme le signe le plus certain de l'infécondité du
sol. — Et pourtant, Toffel, tu continues encore à
trotter ; es-tu donc tellement indifférent à ton repos que tu te laisses ensorceler par les yeux de ce
gentil lutin aux cheveux dorés, que le malin esprit
lui-même ne parviendrait pas à maîtriser, qui,
semblable au chat, sait à la fois égratigner et ca-
resser, rire et pleurer, le tout dans un seul et même
instant ? Réfléchis, cher Toffel, suspends ton pè-
lerinage ! L'eau et le feu, le whiskey et le thé, des
gâteaux de maïs, tout cela irait-il ensemble ?...
Mais le voici à l'extrémité du plant de châtaigniers,
et même devant un... comment le nommerons-
nous ? devant une espèce d'édifice qui semble dater
des guerres des Indiens. Toffel secoua la tête d'un
air pensif : c'est la maison du vieux Davy O'Dougherty, et c'est une maison d'un misérable aspect.
Et sa grange ? il n'en a pas ; et ses haies ? on a
honte de les regarder. Oui, sa ferme offre un triste
tableau de l'industrie irlandaise ; point de cheval,
point de charrue ; toute la fortune agricole de

Davy se réduit à quelques étroites pièces de terre semées de maïs et de pommes de terre.

Toffel fit une longue pause, indécis, pensif ; mais justement le vieux Davy était assis près de sa porte, avec sa vénérable moitié aux cheveux roux, et une demi-douzaine de petits monstres de la même couleur. Jemmy seule... il serait peu galant de ne pas la dire franchement blonde, était la grâce et l'ornement de la triste cabane. Elle préparait le thé, et mettait sur la table des gâteaux de maïs. Toffel alla s'asseoir devant la cheminée sans avoir à peine desserré les lèvres, et n'eût point bougé de cette place, si, en sa qualité d'Allemand, l'odeur de la fumée du charbon de terre ne l'eût désagréablement affecté ; il se leva brusquement pour chercher une atmosphère plus pure, pendant que Jemmy, le voyant à moitié aveuglé, s'enfuyait dans la cuisine avec un rire moqueur. Toffel hésita un instant entre les deux portes, mais involontairement il se trouva transporté devant le feu de la cuisine, qui, étant de bois, lui plut bien mieux que l'autre, et auquel Jemmy daigna bientôt prendre place à ses côtés.

Un quart d'heure s'était écoulé, et pas une pensée immodeste ou quelconque n'avait traversé le cerveau de notre cavalier. La seule licence qu'il se

permît de prendre consistait à transporter son
chapeau d'un genou sur l'autre.

Enfin, cependant, il prit courage, et, regardant
fixement sa voisine, il lui demanda en anglais si
elle ne voulait pas le prendre pour mari.

« Que voulez-vous que je fasse d'un Allemand ? »

Telle fut la réponse un peu dure de la malicieuse
Irlandaise, qui, en rabaissant la marchandise
qu'elle convoitait, n'avait d'autre but que de se
l'assurer à meilleur marché.

Mais songez bien à ce qu'était une telle réponse
adressée par une petite créature comme Jemmy à
un homme comme Toffel, garçon de six pieds,
possesseur de trois cents acres de terre et de deux
bas bleus garnis.

Toffel n'était rien moins que fier ; cependant il se
leva fort déconcerté, tira son chapeau, et s'apprê-
tait à sortir, en soupirant, de la cuisine, lorsque le
rusée jeune fille, se glissant entre lui et la porte,
lui dit en lui prenant la main :

« Et si je vous prends, me promettez-vous d'être
bon enfant ? »

Le dialogue, dès lors, prit des formes plus pré-
cises, et Toffel ne tarda pas à aller rejoindre son
gris pommelé, après avoir rudement serré la main
de sa future.

Quelques jours après, le ministre protestant
Gaspard Ledermaul, ancien tailleur, bénissait le
mariage de Jacques Toffel et de Jemmy O'Dougherty ; ce qui semblerait devoir mettre fin à notre
histoire, si nous en voulions abandonner légèrement les héros, et si l'on ne savait, d'ailleurs, que
les mariages n'offrent pas moins de péripéties que
les amours les plus traversées.

II

Comment Jemmy O'Dougherty eut tort d'aller à un
meeting sur un trop grand cheval.

JACQUES Toffel n'avait pas encore accompli sa
vingt et unième année, quand il entra dans la lune
de miel, et ici nous devons dire à sa louange qu'il
sut jouir du bonheur avec sa modération accoutumée. Nous n'avons pas laissé voir qu'il fût dissipé ;
et, assurément, nulle tentation ne lui vint d'intro-
duire sa femme dans la haute société du Sara-
gota, et de vider ainsi les deux bas bleus. Quant à
mistress Toffel, ce n'était pas certes, une méchante
fille ; il y avait en elle toujours cette sorte de dia-

blerie irlandaise qui ne lui permettait pas d'être en
repos tant que son mari n'avait pas fait sa volonté.
Pour tout dire, en un mot, c'était elle qui portait
les culottes ou les *inexpressibles*, selon la chaste
locution anglaise. D'ailleurs, notre couple vivait
heureux ; un jeune Toffel ne tarda pas à faire son
apparition dans le monde, et surtout alors l'heureux fermier ne regretta pas d'avoir tiré son épi
rouge.

Or, il advint qu'un missionnaire se présenta vers
ce temps dans la colonie, avec la prétention d'en-
seigner à nos bonnes gens un chemin plus court
que par le passé pour gagner la porte du Ciel. Afin
de donner à son projet l'impulsion nécessaire, il
avait annoncé un meeting, après s'être assuré
préalablement de l'assentiment des dames. Mistress
Toffel, dont le respectable pasteur avait recherché
surtout le patronage, avait décidé, pour répondre
à cet égard flatteur, que son jeune fils serait baptisé
en cette occasion, et que le père le transporterait
dans ses bras au meeting.

Jusqu'ici, tout était bien, et Toffel n'y trouvait
guère à redire ; toutefois, en sellant ses deux chevaux, il éprouva une sorte de malaise, et comme
un pressentiment fâcheux lorsqu'il s'occupa de son
grand cheval gris. Mistress Toffel avait conçu pour

cet animal une telle prédilection qu'elle avait déclaré n'en pas vouloir monter d'autre. A la vérité, comparés au grand cheval entier de Toffel, les autres n'étaient que des chats ; mais Jemmy n'était pas une géante, et les petits chevaux lui eussent toujours mieux convenu qu'à son mari. Celui-ci était, depuis peu, devenu ambitieux, et aspirait aux emplois publics ; et il fallait qu'il arrivât disgracieusement sur une de ces rosses, en s'exposant aux railleries et aux suppositions de la foule ! En tirant les chevaux de l'écurie, il vit précisément sa femme sur le seuil de la maison ; mais sur son front était écrite cette inflexible résolution à laquelle le pauvre homme n'avait guère l'usage de résister. Il la laissa donc monter sur un tronc d'arbre, d'où elle s'élança sur le gris-pommelé, dont elle saisit la bride avec grâce et autorité.

La voilà sur cet animal immense, semblable à un malicieux babouin qui s'apprête à mettre à l'épreuve la mansuétude d'un patient dromadaire. Toffel la regardait la bouche ouverte et les yeux fixes.

« Ma chère ! dit-il après un long combat intérieur, je vous en prie, prenez le petit cheval, et me laissez le plus grand.

— Toffel, s'écria sa moitié, sûrement vous n'êtes

pas assez fou pour songer à cela précisément en
ce moment.

— Si, je suis assez fou pour cela ; et, si je prends
ce veau irlandais, je serai à la fois à pied et à
cheval. »

Ses paroles, ses regards, étonnèrent la dame ; ils
indiquaient une sorte de révolte contre son pouvoir, et elle sentit que tout son règne dépendait de
la résolution qu'elle prendrait en ce moment décisif,
et c'est dans cette idée qu'elle donna un grand coup
de fouet à son cheval, qui, en deux élans, l'emporta
hors de la cour.

Toffel n'eut donc rien de mieux à faire que de
monter sur la rosse, en soupirant et en murmurant
quelques phrases de sa langue incomprise, comme
sapperment! verflucht! et autres aménités germa-
niques dont il pouvait, au besoin, dissimuler le sens.
Tout à coup, il fut interrompu dans son monologue
par un cri parti du haut de la montagne. Toffel jeta
les yeux autour de lui, puis il regarda la hauteur,
mais il n'aperçut rien ; rien ne se faisait plus entendre, et pourtant la voix qui avait percé ses
oreilles était la voix aiguë et sonore de sa femme ;
il en était certain. Elle l'avait devancé au galop de
quelques centaines de pas, et bientôt les sinuosités

de la route, à travers les montagnes, l'avaient dérobée à ses regards.

« Le cheval gris l'a certainement jetée à bas », se dit le loyal garçon.

Et à peine cette idée s'était-elle présentée à son esprit qu'il vit, en effet, son coursier favori descendre à grands bonds la montagne. Toffel fut saisi de frayeur; il se jeta, des deux jambes à la fois, à bas de sa rosse, et courut au devant du cheval fougueux, qui, reconnaissant son maître, s'arrêta tranquillement jusqu'à ce qu'il eût monté dessus avec son rejeton. Alors, Toffel se dirigea au grandissime trot vers le haut de la montagne, et courut au secours de sa moitié, de laquelle bien d'autres ne se seraient guère plus inquiétés après la manière dont elle s'était comportée; mais Toffel était d'une bonne pâte d'Allemand, et il se hâta de tout son pouvoir d'arriver à l'endroit fatal où elle devait avoir établi sa couche. Une seconde fois il entendit crier, mais ce n'était pas sa voix ordinaire, c'était plutôt un cri de détresse. Ce cri se renouvela, et, trempé d'une sueur froide, Toffel alors lança son cheval ventre à terre, et enfin il remarqua avec un horrible serrement de cœur des traces de pas d'hommes, et à côté les empreintes des pieds de sa femme. Des hommes étaient venus là, c'était évident ; mais dire ce qu'était devenue sa femme, c'était chose bien difficile, les traces se perdaient dans la forêt. Il examina de nouveau ces traces, et il reconnut avec consternation la large empreinte des mocassins des Indiens. Un regard vers la forêt lui fit apercevoir quelque chose d'un gris noir, c'était une plume d'aigle : plus de doute, sa malheureuse Jemmy venait d'être surprise et enlevée par les Indiens.

Toffel aimait sincèrement sa femme ; cependant il n'eut point d'évanouissement, et toute la force de son amour ne put lui arracher une larme ; et, au lieu de perdre du temps en vaines lamentations, il courut au grand galop rejoindre le meeting, apprit à ses voisins que les Indiens avaient surpris et enlevé sa femme tandis qu'elle se rendait à l'assemblée, ajoutant qu'il fallait qu'il la recouvrât à tout prix, et, que s'ils étaient bons voisins, et s'ils voulaient être des hommes libres, il fallait qu'ils vinssent courir en toute hâte avec lui sur les traces de ces Peaux-Rouges pour leur reprendre sa Jemmy. Comme ceux à qui il s'adressait étaient, en effet, des hommes de cœur, Toffel, en peu d'heures, se vit à la tête de cinquante jeunes gens, qui, tenant d'une main leurs carabines et de l'autre

la bride de leurs chevaux, juraient de venger digne-
ment l'enlèvement de la nouvelle Hélène.

Il n'était pas rare, en ce temps, que les colons
des États-Unis eussent à poursuivre des Indiens
pour un semblable motif; mais, pendant que Toffel
et ses vaillants compagnons sont occupés à retrouver les traces des Peaux-Rouges qui avaient
enlevé Jemmy O'Dougherty, nous allons, nous
conformant encore plus directement aux usages
chevaleresques, rejoindre notre dame, pour lui
prêter au besoin aide et secours.

Donc, Jemmy, l'entêtée Jemmy, avait été seule
en avant de quelques centaines de pas, ainsi que
nous l'avons déjà dit. C'était d'abord une chose
qu'une femme raisonnable n'aurait jamais faite:
elle se serait tenue à côté de son mari, d'un aussi
bon mari surtout que l'était incontestablement
Toffel, notamment dans des temps si critiques, où
les sauvages parcouraient encore en partisans tout
l'État d'Ohio, et s'avançaient même jusqu'au fort
Pitt, attendu que, précisément à cette époque, les
États-Unis étaient engagés avec eux dans une guerre
sanglante. Sans doute, elle cria vaillamment, mais
il était trop tard; probablement les Indiens en avaient
déjà trop vu pour renoncer, en faveur de ses cris,
à une si belle proie. L'un monta sur le cheval gris

et la prit en croupe, pendant qu'un second obligeait la belle à enlacer ses bras autour de son cavalier; un troisième, lui voyant des dispositions à
résister, établit entre son cou de cygne et un cou-
telas qu'il tira de sa ceinture un voisinage dangereux, si bien que la pauvre créature se résigna à
son sort, et ne songea plus qu'à ne se pas laisser
tomber de cheval pendant la longue course qui
s'ensuivit.

Toutefois, elle ne pouvait s'empêcher de s'écrier
par instants :

« Le grand cheval ! le grand cheval ! »

Mais sa tenue modeste et résolue à la fois inspirait quelque respect à ses ravisseurs, et surtout à
Tomahawk leur chef, qui, en arrivant à Miamy,
quartier général des Peaux-Rouges, la plaça sous
la protection de sa mère, avec le titre de dame
d'honneur. Sans doute ce poste n'eût pas été à dédaigner, si le fils de la princesse mère avait eu à
gouverner quelque chose qui en valût la peine;
mais le roi des Shawneeses, frère aîné de Tomahawk, n'étendait guère son empire que sur un territoire de quelques centaines de milles carrés. Ses
sujets étaient des sauvages non encore civilisés,
qui, dans leur intelligence bornée, n'avaient aucune
idée du droit divin de leur souverain; c'est-à-dire

qu'ils ne voulaient pas travailler pour lui, disant qu'il avait, comme eux, reçu du grand Esprit deux bras propres au travail.

Nos bienveillants lecteurs comprendront qu'au milieu d'une réunion d'hommes si déraisonnables mistress Toffel ne pouvait compter sur de grands avantages, malgré la place honorable qu'elle occupait. Du reste, elle vit bien que des pleurs et des jérémiades ne pouvaient qu'empirer sa position, et qu'il valait mieux l'accepter bravement et chercher à se rendre utile. Aussi, avec une mine où l'on ne pouvait méconnaître un trait d'ironie, elle saisit, le lendemain matin, la marmite remplie de gibier, et se mit à préparer elle-même le repas des Indiens. Ceux-ci s'assirent bientôt à l'entour en croisant les jambes :

« Whoo! s'écria le souverain, qu'avons-nous là ? »

De sa vie, il n'avait fait un aussi délicieux déjeuner *à la fourchette*, dirions-nous, si les sauvages avaient des fourchettes. La princesse mère indiqua de sa main, et en souriant gracieusement, sa dame d'honneur, qui, pour sa récompense, reçut une côtelette. Jemmy avait une contenance fière, comme si elle se fût trouvée assise sur le grand cheval. Peu de temps après, les sauvages entre-

prirent une nouvelle excursion, de laquelle ils ren-
trèrent au bout de quinze jours chargés de butin
de toute espèce : des robes de femme, des spen-
cers, des chapeaux, des corsets, etc. Une garde-
robe complète était échue en partage à Tomahawk.
Le lendemain, il parut vêtu d'une robe de *linsey-
woosey* couleur rouge, et la tête ornée d'un chapeau
en soie verte, par-dessus lequel il lui avait paru
de bon goût de mettre le bonnet d'une femme en
couches : le chef lui-même se montra dans une
petite robe *à l'enfant*, avec un spencer coquelicot
par-dessus, et un capuchon du temps de Louis XV.
A peine Jemmy avait-elle jeté les yeux sur ses
maîtres métamorphosés qu'elle fit signe aux
squaws de la suivre dans la forêt, où se trouvaient
beaucoup de plantes de lin sauvage. Elle en fit
cueillir une certaine quantité, qu'elle fit rapporter
au camp par ses compagnes. Elle obligea ensuite
celles-ci à préparer le lin pour le filage, qu'elle
leur enseigna, et, en peu de semaines, des habits
de chasse, ornés de rubans de soie et de calicot,
remplacèrent les robes de femmes sur les corps de
ses ravisseurs. Une quinzaine de jours après, les
hommes firent une nouvelle expédition, dans laquelle le souverain fut tué et son frère Tomahawk
blessé. Jemmy, à l'instar d'autres sujets loyaux,

prit le deuil, pansa les plaies du survivant, et,
quand le jeune chef fut rétabli, elle lui présenta
un costume neuf qu'elle avait confectionné pour
lui pendant sa maladie. Elle y mit tant de grâce,
selon l'avis de l'Indien, que, dès ce moment, il
devint son admirateur et son fidèle paladin. Quand
le lendemain, il se fut vêtu de son costume neuf,
il se trouva si agréablement surpris et tourné
qu'il mit pour la première fois de côté ces habi
tudes de respect qu'il avait contractées vis-à-vis
de mistress Toffel, et qui l'avaient empêché jusque-là de déclarer un peu plus ouvertement l'affection qu'il ressentait pour elle. Il alla lui rendre
une visite. Toute la résidence fut en révolution ;
les dames rouges étaient au désespoir. Elles comprirent que ce n'était pas en leur honneur que le
nouveau souverain s'était revêtu d'une si brillante
toilette, et que ses attentions s'adressaient à la
fière Américaine, qui, dans leur opinion, ne pouvait naturellement résister à ce somptueux accou-
trement. Et vraiment ni Londres, ni Paris, ni
New-York, n'auraient pu se vanter d'avoir vu, sur
une seule et même personne, une prodigalité d'objets de luxe comme il plut ce jour-là à Tomahawk
d'en étaler aux yeux de sa fidèle sujette. Mais
aussi il était lui-même resté trois heures, jambes

croisées et miroir en main, à admirer avec des yeux brillants de joie ses charmes irrésistibles. Trois larges paillettes d'argent entouraient artistement son nez, auquel était encore suspendu un dollar espagnol; deux autres dollars pendaient à ses oreilles, et, par une spirituelle inspiration, l'Indien avait orné sa lèvre inférieure d'une sixième pièce de monnaie. Ses cheveux étaient richement entremêlés d'aiguilles de porc-épic, et du sommet de sa tête descendaient majestueusement trois queues de buffles. Un collier de pas moins de cinquante dents d'alligators ornait son cou, autour duquel serpentait encore un petit collier de grandes perles de cristal, trophée qu'il avait conquis dans un combat avec les Chikasaws. Il n'avait pas moins soigné l'habillement des parties inférieures de son corps : ses jambes étaient jusqu'à la cheville entourées de petits cercles de cuivre et de fer-blanc qui résonnaient prodigieusement à chacun de ses pas; le reste de sa toilette consistait en un chapeau anglais à trois cornes. Lorsque, avec la conscience de ses perfections, il approcha de la résidence de madame mère, il leva haut les jambes et en fit deux fois le tour en dansant, pour se régaler de la musique dont il était le créateur; arrivé à la porte, il jeta un dernier coup d'œil sur son miroir de poche en se regardant de la tête aux pieds; puis il entra.

Nous sommes malheureusement sans information aucune sur le succès de tant d'efforts et de combinaisons de bon goût; tout ce qui est devenu notoire, c'est que le haut prétendant fut bien moins satisfait de lui-même, quand il quitta la résidence de sa mère, qu'il ne l'avait été en y entrant. La chronique ajoute que, dès ce moment, Jemmy eut sur le souverain indien un empire pour le moins aussi illimité que celui qu'elle avait déjà exercé sur Toffel; et il paraît qu'elle ne tarda pas à en faire usage, sans doute par de bonnes raisons, attendu qu'elle eut à repousser des tentations assez vives. Mais, dit encore notre document, elle résista héroïquement. Comment, en effet, pouvait-elle agir autrement, elle dont la pensée tendait à un autre but? Oui, son regard était sans cesse fixé sur le soleil couchant, sur cette partie du monde où vivait son cher Toffel. Depuis cinq années entières, elle avait supporté sa captivité avec un courage, avec une fermeté héroïques et vraiment irlandais; mais présentement elle sentait chaque jour davantage l'amertume de sa position. Pendant la première année, elle avait été tenue en mouvement par la nouveauté de sa destinée; elle

avait, en outre, été stimulée par le sentiment de la
conservation. Durant les années suivantes, elle
s'était peut-être sentie flattée des attentions de son
adorateur indien; — mais faire la coquette avec
un sauvage, ce n'était, après tout, qu'un pauvre
passe-temps, et cela ne pouvait durer à la longue.
Ainsi, le vif désir de revoir les lieux sur lesquels
se concentraient ses souvenirs prenait chaque
jour en elle plus de force. Songer à fuir, c'eût été
de sa part une folie pendant la première année; on
l'avait surveillée, durant l'été, avec des yeux d'Ar-
gus, car son adresse en toute chose la rendait
indispensable aux sauvages, et une fuite dans le
cours de l'hiver n'était pas plus exécutable. Où
aurait-elle trouvé des vivres, un lieu de repos? Son
voyage jusqu'au camp des sauvages avait duré
vingt jours; elle devait donc être à une énorme
distance de chez elle, et si, par malheur, on avait
connu son projet, son sort eût été horrible.

III

Comment Jemmy revint chez Jacques Toffel.

Enfin, l'occasion favorable que Jemmy désirait
si vivement vint se présenter à l'expiration du

cinquième été après son enlèvement. Les hommes
étaient partis pour la chasse d'automne ; leurs
femmes les avaient accompagnés ; il n'était resté
au camp que les plus faibles et les plus âgés. Par
le contentement apparent qu'elle avait montré pendant cinq ans, Jemmy était parvenue à calmer les
méfiances des Indiens, dont la vigilance s'était
affaiblie. Elle avait appris que, par suite de l'ac-
croissement de la population, la colonie avait
étendu ses limites, et qu'elle se trouvait dès lors
à une moindre distance de celle des sauvages ; elle
espérait donc rencontrer de ses compatriotes, sinon
au bout de la première semaine, du moins au bout
de la seconde. Elle résolut sa fuite, et réalisa sur-
le-champ son projet. Un petit sac rempli de vivres
fut tout ce qu'elle emporta avec elle ; elle avait
quatre cents longs milles à faire depuis le grand
Miami jusqu'à l'Ohio supérieur ; mais son courage
était à la hauteur de sa grande entreprise. Elle
aimait son Toffel ; elle l'aimait maintenant plus
que jamais, ce garçon si bon, si patient et pourtant si sensé. Son courage fut rudement mis à
l'épreuve dans les marais de Franklin, elle courut
un grand danger de se noyer dans la Sciota, et en
errant plusieurs jours dans les solitudes qui sépa-
rent Colombus, capitale de l'État de l'Ohio, de

New-Lancaster, d'être dévorée par les ours et les
panthères ; mais elle se tira heureusement des
marais, des rivières et des lieux déserts. Pendant
les cinq premiers jours, elle vécut de sa provision
de jambon fumé ; puis elle se régala de papaws, de
châtaignes et de raisins sauvages, et, au bout de
dix jours de peines et de fatigues inexprimables,
elle trouva, pour la première fois, un abri sûr dans
un blockhaus. Même ici, son esprit irlandais in-
domptable ne l'abandonna pas, et elle aborda les
Hinterwœldler (1) d'un air aussi assuré et aussi
ouvert que si elle se fût présentée à la tête des
Shawneess, et leur demanda des vivres. Ceux-ci
ouvrirent d'assez grands yeux, comme on peut le
présumer, mais ils donnèrent ce qu'ils avaient. Dès
lors, notre bonne Jemmy n'eut plus qu'à suivre
les bords de l'Ohio, et ne tarda pas à voir les
charmantes hauteurs qui cachaient son heureux
chez elle sortir du bleu vaporeux qui les enveloppait. Elle double le pas ; la voilà sur les premiers
coteaux. Pour la première fois, son cœur battit
plus fort ; un instant arrêtée au souvenir du grand
cheval, elle reprit sa course et s'élança dans les

---

(1) Mot allemand composé, qui veut dire des bords des
forêts.

sinuosités boisées du coteau. Voilà bien devant elle le magnifique Ohio, poursuivant son cours en deux larges bras ; puis les eaux de l'Alleghany, limpides comme la source qui jaillit d'un roc ; puis enfin, tout à côté, celles de Monongahela, troubles et bourbeuses, et offrant assez bien l'image d'un mari grognon auquel est enchaînée une vive et douce compagne. La voilà arrivée à la dernière éminence, d'où l'on peut contempler toutes ses possessions : voici le magnifique vallon, le plus fertile des *bottoms*, enclavé parmi les promontoires de montagnes ; voilà la grange bâtie en pierre, le toit et les persiennes reluisant de l'éclat d'une fraîche peinture. Là, à main gauche, le vieux verger ; puis, à droite, le nouveau, à la plantation duquel elle avait aidé, et dont les arbres pliaient déjà sous le poids des fruits. Elle regardait, elle n'osait s'en fier à ses yeux, et elle voyait plus encore... Non, ce n'était pas une illusion, c'était son cher Toffel qui sortait justement de la maison, et, derrière lui, un petit bambin aux cheveux blonds, qui le tenait ferme aux basques de son habit. Oui, c'était Toffel dans sa culotte de peau, avec ses bas bleus à coins rouges et ses souliers ornés de boucles énormes. Elle n'y tint pas plus longtemps, descendit d'un pas ferme du coteau, et, ayant traversé rapidement le potager, elle se trouva tout à coup devant Toffel.

« Tous les bons esprits louent le Seigneur! » s'écria celui-ci, usant, dans son anxiété, de la formule légale par laquelle, de temps immémorial, les honnêtes Allemands ont l'habitude de conjurer les spectres, les sorcières et les esprits malins.

Et, dans le fait, nous n'aurions pas trop le droit de blâmer Toffel, si le Blocksberg (1) se présentait en ce moment à sa pensée. Cinq années d'absence et de séjour parmi les sauvages habitants des bords du grand Miami, jointes au voyage abominable que Jemmy venait de faire, n'avaient pas précisément beaucoup contribué à relever ses charmes, ni à rendre sa toilette assez élégante pour lui prêter quelque attrait de plus. Même Toffel, de tous les hommes le moins *fashionable*, put à peine comprendre que ce pouvait être là sa Jemmy, l'oracle du bon goût en toute chose. L'imprévu de son apparition répandait sur sa personne, un peu décharnée, quelque chose de surnaturel ; de sorte que, nous le répétons, nous ne sommes nullement surpris de ce que le cerveau de Toffel se troubla subitement et de ce qu'il se souvint du Blocksberg,

(1) Montagne du sabbat.

dont feu son père lui avait raconté tant de choses. Jemmy, à ce qu'il paraissait, ne fut pas très flattée de sa surprise, de ses exclamations et de son effroi, et elle lui dit, du ton le plus doux qu'il lui fut possible de prendre :

« Eh bien, quoi ! Toffel, as-tu perdu la raison ? Ne me connais-tu plus, moi, ta Jemmy ? »

Toffel ouvrit les yeux le plus qu'il pouvait, et, peu à peu, reconnaissant le nez contourné, l'œil brillant qui lançait, comme de coutume, des regards hardis et étincelants, ne put, à ces signes, douter de la réalité :

« *Mein Gott ! mein schatz !* » s'écria-t-il dans son plus doux allemand.

Puis deux larmes coulèrent le long de ses joues, et il embrassa Jemmy avec effusion.

Jemmy était réellement bien charmée de voir son Toffel de si bonne humeur. Cependant, dit le proverbe, trop ne vaut rien, et, suivant toutes les apparences, il semblait à Jemmy que Toffel était inépuisable dans ses manifestations de tendresse, et, en effet, elle commençait déjà à perdre patience et à souhaiter de voir son fils, comme aussi de savoir où en étaient les affaires du ménage ; de sorte que, tout en exprimant ce double désir, elle se dégagea des bras de son mari pour se diriger vers la porte.

Toffel la saisit par sa robe, et, se plaçant devant elle, l'empêcha de sortir.

« Ma bien-aimée, lui dit-il, arrête-toi encore quelques moments, jusqu'à ce que je t'aie appris...

— Appris quoi? reprit-elle avec impatience; que peux-tu avoir à me dire? Je désire voir mon garçon et comment tu as conduit les affaires de la maison; j'espère que tout est en ordre... »

Son œil jeta un regard scrutateur sur le pauvre Toffel, qui ne semblait nullement être à son aise.

« Mon cœur, ma femme ! continua-t-il, aie seulement un peu de patience !

— Je ne veux pas avoir de patience, répliqua-t-elle; pourquoi ne veux-tu pas entrer dans la maison? »

Et, en disant ces mots, elle s'approcha de la porte. Toffel, au dernier point embarrassé, lui barra de nouveau le chemin, en lui prenant les deux mains.

« Eh ! *by Jasus* (1), et de par toutes les autorités ! s'écria-t-elle étonnée d'une conduite si singulière, je serais tentée de croire que tout n'est point ici

(1) Exclamation irlandaise.

en règle et que tu n'es pas bien aise de me voir !

— Moi, ne pas être bien aise de te voir ! mon cœur, ma bien-aimée ! Oui, oui, tu seras de nouveau ma femme ! répondit le brave garçon.

— Je serai de nouveau, de nouveau ta femme ! » répéta-t-elle.

Et ses yeux étaient étincelants, et son petit nez se tordait.

« Être de nouveau sa femme ! » se dit-elle encore à voix basse, en s'arrachant avec force de ses mains.

Puis, montant l'escalier avec la rapidité de l'éclair, elle se précipita sur la porte, pressa le loquet, ouvrit, et vit, se berçant doucement dans un fauteuil, Marie Lindthal, la plus jolie blondine de toute la colonie, jadis sa rivale, et maintenant l'heureuse usurpatrice de ses droits matrimoniaux.

IV

CE QU'IL ARRIVA DE JACQUES TOFFEL
ET DE SES DEUX FEMMES

Il faudrait une plume très familiarisée avec les peintures psychologiques pour décrire les symptômes des diverses passions qui se dessinaient d'une manière énergique sur le visage de notre héroïne. Le mépris, la fureur, la vengeance, en étaient encore les plus faibles ; il sortait de ses yeux des étincelles si vives que, pour nous servir d'une phrase à l'usage des *Yankees*, la chambre commençait à en être embrasée ; ses poings se fermèrent convulsivement, ses dents grincèrent, et, semblable au chat qui voit son territoire occupé par l'ennemi mortel de sa race, elle s'apprêta à fondre sur le sien, ce qui aurait pu devenir d'autant plus fatal pour les jolis traits de Marie Lindthal que, depuis un mois entier, mistress Toffel n'avait pas rogné ses ongles.

Toffel, qui avait suivi Jemmy, vit avec un juste effroi ces terribles préparatifs, et se jeta de toute sa

longueur entre les deux puissances belligérantes.
Mais il n'était pas sûr encore que sa médiation fût
très efficace, lorsque tout à coup la porte s'ouvrit
pour donner entrée au jeune Toffel, suivi de toute
une bande d'héritiers d'un autre lit. Cinq années
s'étaient écoulées depuis que Jemmy n'avait tenu
son jeune fils dans ses bras ; oubliant son en-
nemie, elle sauta sur lui pour l'embrasser. Le
jeune garçon s'effraya, cria très haut, et courut à
sa belle-mère. La pauvre Jemmy resta immobile à
sa place, la fureur et le désir de la vengeance
l'avaient abandonnée ; une douleur indicible pénétra son cœur ; elle se dirigea en tremblant vers la
porte, saisit le loquet et fut sur le point de tomber
à terre. La pauvre femme souffrait horriblement
en cet instant ; elle était devenue une étrangère
pour son fils, une étrangère dans le monde entier !
Elle se remit cependant. Des âmes comme la
sienne ne sont pas facilement abattues.

« Comment va mon père ? demanda-t-elle briè-
vement.

— Mort, répondit Toffel.

— Et ma mère ?

— Morte, fut encore la réponse.

— Et mes frères, mes sœurs ?

— Dispersés dans le monde.

— Ainsi, je les ai tous perdus ! dit-elle de manière à pouvoir à peine être comprise.

— J'ai, reprit Toffel d'un son de voix plus doux, j'ai attendu toute une année ton retour, en demandant de tes nouvelles dans tous les journaux allemands et anglais, et, comme tu ne vins pas, ajouta-t-il en hésitant, te croyant morte, je pris Marie.

— Alors, garde-la », répliqua Jemmy d'un ton ferme, en accompagnant ces paroles d'un regard où se peignait le mépris le plus profond.

Puis elle s'élança encore une fois sur son enfant, le saisit et l'embrassa avec exaltation, puis elle ouvrit la porte...

« Arrête ! arrête ! pour l'amour de Dieu ! » s'écria Toffel d'une voix qui faisait deviner ce qu'il avait souffert.

Il est vrai de dire qu'il l'aimait sincèrement, et n'avait rien négligé pour la retrouver. On avait battu le pays à vingt lieues à la ronde, les annonces des journaux lui avaient aussi coûté maints dollars ; malheureusement, ils circulaient plus particulièrement dans la partie orientale du pays, tandis que Jemmy figurait comme dame d'honneur dans la partie occidentale. Et, malheureusement encore, au bout d'une année, le révérend pasteur Gaspard fit un sermon sur ce beau texte : *Melius*

est nubere quam uri, qu'il rendit très disertement
en langue allemande à Toffel. Celui-ci crut agir
en bon protestant, prit une femme bonne et jolie,
mais à laquelle manquaient cet esprit de contra-
diction, d'agacerie, ces boutades, ces propos pi-
quants, qui réveillaient jadis si à propos son caractère nonchalant.

Telle était la position de notre Toffel, le mari
à deux femmes, entre lesquelles il semblait fortement balancer. Les garder toutes deux, comme le
patriarche Lamech, quelle apparence? Enfin, il
s'écria :

« Allons chez le *squire* et chez le docteur Gaspard ; allons entendre ce que disent la loi humaine
et la loi de Dieu. »

En disant cela, Toffel agit en bon et loyal Allemand qui pensait qu'il valait mieux ne pas prendre
un parti de son propre chef, et mettre toute la
responsabilité de sa position sur l'autorité divine
et humaine.

Jemmy tressaillit; le mot de loi, ou, ce qui en
est la conséquence, un procès, résonnait désagréablement à ses oreilles, et elle hésitait, quand
sa rivale, qui s'était retirée dans la chambre voisine, reparut tenant dans ses bras les deux lourds
bas remplis de dollars de la communauté.

« Prends-les, dit-elle d'une voix douce à Jemmy,
prends-les, et Jeremias Hawthorn est encore
garçon ; sois heureuse, bonne Jemmy ! »

Il y avait quelque chose de touchant dans sa
voix et dans sa proposition sincère. Tout autre
cœur que celui de la femme irlandaise se serait
ému ; mais la vue de la femme heureuse sembla
ranimer les transports de Jemmy. Jetant sur Marie
un regard du plus profond mépris, elle s'approcha
de Toffel, lui serra la main en lui disant adieu, et
sortit précipitamment de la chambre.

« Cours, cours, cher Toffel, de toutes tes forces,
s'écria Marie, cours, pour l'amour de Dieu ! elle
pourrait attenter à elle-même. »

Toffel était resté immobile, privé, pour ainsi
dire, de sentiment ; on aurait pu croire que tout
lui paraissait un songe : la voix de sa femme le
rappela à la réalité. Il se mit à courir de toutes ses
forces après la pauvre fugitive ; mais celle-ci avait
déjà gagné beaucoup d'espace sur lui. Redoublant
ses longs pas, il était sur le point de l'atteindre,
lorsqu'elle se retourna et lui ordonna de regagner
sa maison. Elle proféra cet ordre d'un ton si ferme
que Toffel, encore habitué à obéir à ses volontés,
s'y conforma en reprenant lentement le chemin
de chez lui. Après avoir fait quelques pas, il s'ar-

rêta néanmoins, suivit d'un œil fixe la marche rapide de Jemmy jusqu'à ce qu'elle eût disparu dans les profondeurs du coteau ; alors, il secoua la tête, et pensa... quoi ? C'est ce que nous ne saurions dire.

Jemmy poursuivait maintenant, comme un chevreuil qu'on a effrayé, sa course vers le haut de la montagne ; la voilà arrivée encore à cette fatale saillie où son bonheur d'ici-bas avait, il faut bien le dire, par sa propre faute, reçu une si terrible atteinte. Là était la maison qui renfermait les deux Toffel ; là paissaient ses vaches et ses génisses et une demi-douzaine des plus grands chevaux qu'elle eût jamais vus. Maintenant, elle en eût eu à choisir ! Et il fallait renoncer à tout cela ! Cette pensée lui fit verser des larmes amères. Et, à cette heure, plus de famille, plus d'amis peut-être ; que dirait-on de cette Jemmy si longtemps perdue, Jemmy la Squaw indienne ?... Insensiblement, ses sens se calmèrent ; une nouvelle pensée sembla germer en elle, et, à chaque seconde, cette résolution semblait se raffermir. Enfin, comme pour échapper à la possibilité d'un changement d'idées, elle se redressa tout à coup avec force, courut à toutes jambes vers la forêt, et pénétra toujours plus avant dans ses profondeurs.

V

OU L'ON DÉMONTRE COMMENT LES DEUX ÉPIS ROUGES
ÉTAIENT POURTANT UN PRÉSAGE.

Ce fut vers l'année 1826 que Jemmy recommença son long voyage pour retourner vers ceux qu'elle avait fuis naguère. Elle retrouva le même courage inflexible pour aborder les colons avancés, établis dans la partie nord-ouest des États-Unis (État actuel d'Ohio). Elle leur demanda l'hospitalité sans solliciter une compassion superflue ; lorsqu'elle eut dépassé les dernières habitations, elle eut de nouveau recours aux papaws, au raisin et aux châtaignes sauvages, et acheva ainsi sa course de quatre cents milles jusqu'aux sources du grand Miami, où, deux mois après sa fuite, elle se présenta avec aussi peu de trouble et de crainte que si elle rentrait d'une visite du matin.

Jamais le quartier général des Squaws n'avait retenti de si grands cris d'allégresse que lorsque Jemmy entra dans la cabane de la mère de Toma-

hawk. Toute la population des Wigwams était
en mouvement ; Tomahawk ne se possédait plus
de joie. Il avait été son admirateur fidèle pendant
cinq années entières, et, ce qui n'est pas peu de
chose de la part d'un sauvage, durant tout ce
temps il n'avait pas osé prendre la moindre liberté
avec elle. Elle ne s'était pas acquis une légère in-
fluence sur ce petit peuple ; elle était l'institutrice
des femmes, le tailleur et la cuisinière des hommes, le factotum de tous, et, si les derniers (les
hommes) ne ressemblaient plus à des orangs-
outangs, c'était son ouvrage à elle. Tomahawk
sautait et dansait de bonheur.

« Hommes blancs, pas bons ! disait-il ; hommes
rouges, bons ! » s'écriait-il.

Et sa mère et tous les hommes s'unissaient à ces
transports de joie.

Cependant, malgré la résolution ferme que
Jemmy avait prise, sa prudence ne lui permettait
pas de donner trop beau jeu au sauvage amoureux : non, elle réfléchit longtemps avant de lui
permettre seulement l'espoir le plus éloigné. Depuis vingt jours déjà, elle le tenait renfermé auprès de la mère de Tomahawk, et, pendant ce
temps, il n'avait pu la voir que deux fois. Enfin,
le matin du vingt et unième jour, il fut mandé

auprès de la souveraine de son cœur. Il s'y rendit
peut-être plus bizarrement accoutré encore que
lors de la première demande, et, en balbutiant,
il lui exprima de nouveau ses vœux. Jemmy l'é-
couta avec le sérieux d'un juge d'appel; quand il
eut terminé, elle lui montra silencieusement la
table sur laquelle était étalé un habillement amé-
ricain complet. Tomahawk retourna à sa cabane
en poussant des cris de joie, et, une demi-heure
après, il parut un autre homme devant sa maîtresse. Il n'avait vraiment pas si mauvaise mine;
c'était un garçon bien fait, d'une taille élancée;
— Toffel n'était rien en comparaison; — de plus,
c'était le chef de plusieurs centaines de familles,
et l'on ne pouvait voir en lui un mari si fort à
dédaigner. Elle voulut bien alors tendre la main;
il s'agissait encore d'une autre épreuve. Deux
chevaux amenés par ordre de madame mère se
trouvaient à la porte: Jemmy ordonna à Tomahawk de les seller. Il obéit tout de suite en silence.
Elle monta sur l'un, en lui faisant signe d'en faire
autant et de le suivre. Le chef sauvage était surpris; il la regarda fixement, mais suivit néanmoins sa maîtresse, qui, quittant le canton des
Wigwams, dirigea leur course vers le sud; plusieurs fois, il se hasarda à lui demander où ils

allaient, mais elle lui répondit par un geste, montrant d'un air significatif le lointain, et il se taisait et suivait. La paix s'était rétablie entre les Indiens et les colons pendant la captivité de Jemmy, et le dernier voyage de celle-ci lui avait été utile à quelque chose. Elle avait appris qu'une colonie américaine s'était formée dans la direction du sud, à environ quarante milles de distance des sources du Miami, et c'est sur cette nouvelle colonie qu'elle se dirigeait en ce moment.

Dès qu'elle y fut arrivée, elle s'informa du juge de paix. Le squire ne fut pas peu surpris quand il vit tout à coup entrer chez lui une jeune et jolie femme (Jemmy avait repris sa bonne mine pendant sa retraite de vingt jours) et un jeune et beau sauvage, habillé comme un gentleman. Du reste, Jemmy ne lui laissa guère le temps de se livrer à son étonnement ; mais, se tournant sans longs détours vers son compagnon, elle lui dit :

« Tomahawk ! pendant les cinq années de notre connaissance, je t'ai vu donner tant de preuves de bon sens que j'ai tout lieu d'espérer de faire de toi un mari, et j'ai donc résolu de te prendre pour tel. »

Tomahawk ne savait s'il veillait ou non, et il en était de même du squire ; mais la demande for-

melle que lui adressa Jemmy de la marier, elle,
Jemmy O'Dougherty, avec Tomahawk, le chef
de la peuplade des Squaws, et dix dollars reluisants qu'elle joignit à cette demande, firent cesser
tous les doutes du juge de paix, et, prononçant
sur eux la formule matrimoniale, il unit leurs
mains. La chose était finie, le pauvre sauvage ne
comprenait point encore ce que signifiait cette
cérémonie ; mais, quand Jemmy lui prit la main,
et lui fit connaître qu'elle était maintenant sa
femme et lui son mari, il était comme tombé des
nues.

Le lendemain Tomahawk et sa femme s'en
retournèrent chez eux, et à partir de leur retour
commencèrent aussi les mois de miel du nouvel
époux. Or, mistress Tomahawk fut à peine installée
dans sa nouvelle habitation qu'elle vint à recon-
naître que cette misérable cabane était beaucoup
trop étroite pour eux deux, et de plus, trop mal-
propre ; et, dans le fait, cette cabane était plutôt à
comparer à l'antre d'un ours qu'à une habitation
humaine. Tomahawk et ceux dont il disposait
avaient donc maintenant des arbres à abattre, travail auquel les gens de Tomahawk ne se soumirent
que contre de certains honoraires en bouteilles de
wiskey, dont Jemmy avait fait provision au chef-

lieu de la colonie. Elle avait, en outre, attiré quelques-uns de ses compatriotes, qui aidèrent à la
construction de la maison neuve. Tomahawk, à la
vérité, sauta encore quand il lui fallut pendant
quinze jours manier la hache : seulement, ce n'é-
tait plus de joie ; il fit même la grimace ; mais ni
sauts ni grimaces n'y purent : il fallut s'exécuter.
Au bout de quatre semaines, il se vit couché dans
une habitation commode, aussi commode que celle
de Toffel. Tomahawk eut alors du repos pendant
quatre semaines entières ; mais le printemps s'an-
nonçait : le champ consacré à la culture du blé était
évidemment trop petit ; il était même dépourvu de
haie, et les chevaux, ainsi que les porcs, y venaient
dévorer les jeunes tiges longtemps avant qu'elles
eussent seulement formé leurs épis. Les choses
ne pouvaient pas rester en cet état, et il fallait donc
que la sauvage moitié de mistress Tomahawk
abattît encore quelques milliers d'arbres et qu'elle
fît des haies autour d'une demi-douzaine de champs.
Cette besogne faite, Tomahawk eut encore quelques semaines de repos. Cependant, de temps
immémorial, on avait bien mal mené les choses
quant aux peaux de renard, de cerf, de castor et
d'ours. Tomahawk avait une grande réputation
comme chasseur ; mais le fruit de plusieurs se-

maines de chasse, il n'était pas rare qu'il le donnât
pour quelques gallons de wiskey. A l'instar de
beaucoup de ses frères rouges, son côté faible était
pour le plaisir qu'il trouvait à prendre une et même
un grand nombre de gorgées de wiskey, quand
l'occasion s'en présentait. Toutefois, il éprouvait à
cet égard une telle crainte de sa compagne qu'a-
droitement il cachait les bouteilles d'eau-de-vie dans
les creux d'arbre. Mais mistress Tomahawk eut
bientôt découvert la fraude, et, afin de mettre doré-
navant Tomahawk à l'abri de toute tentation, elle
décida qu'à l'avenir toutes les peaux seraient ap-
portées au camp et mises à sa disposition. Elle se
chargea alors du commerce de pelleteries. Bien peu
de temps après, plusieurs vaches paissaient sur les
bords du Miami, et Tomahawk goûta pour la première fois du café et des gâteaux de farine de
maïs; mais les choses allèrent de pis en pis. Un
jeune Tomahawk vit la lumière du monde, et les
vieux Squaws ne tardèrent pas à se présenter chez
sa mère, les mains remplies de fumier et de graisse
d'ours, pour admettre solennellement le nouveau
chef de la peuplade dans la communauté religieuse
et politique. Mais Jemmy leur montra un visage
refrogné, et, quand elle vit que cela ne suffisait
pas, elle se saisit si résolument de son sceptre,

c'est-à-dire d'un grand balai, que jeunes et vieux se sauvèrent à toutes jambes, se croyant poursuivis du malin esprit. Lorsqu'elle fut rétablie de ses couches, elle ordonna de nouveau à Tomahawk d'apprêter deux chevaux.

Cette fois-ci encore, leur course se dirigea vers la colonie ; seulement ils abordèrent non à la maison du juge de paix, mais à celle du curé. Tomahawk accédait à tout tranquillement ; mais, lorsqu'il vit le curé répandre de l'eau sur son fils, la patience lui échappa, il entra dans une sorte de fureur, et appela mistress Tomahawk sorcière, mauvais génie, *médecin* (terme très fort chez les Peaux-Rouges). Jemmy, sans perdre une parole, fronça les sourcils, releva son nez, et le jeune Tomahawk fut baptisé comme d'autres enfants chrétiens.

Le voyageur que son chemin conduira dans la direction du nord à travers la bruyère située entre Columbus et Dayton, remarquera, au-dessous et tout près des sources du Miami, une grande habitation, construite en madriers, flanquée de granges et d'écuries, environnée de superbes champs de maïs et de prairies, sur lesquelles paissent de magnifiques vaches, des chevaux et des poulains, sans compter les vergers remplis d'arbres fruitiers.

Autour de la maison, on voit folâtrer une demi-
douzaine de jeunes garçons et de jeunes filles d'un
teint rouge clair, et vêtus comme s'ils sortaient du
magasin de Stubls, à Philadelphie. Le dimanche,
ils lisent la Bible ou sellent leurs chevaux pour
aller accompagner mistress Tomahawk à l'église;
ils lisent et expliquent les gazettes au chef de la
tribu, qui s'accommode parfaitement de sa nouvelle
existence, et se demande avec orgueil s'il fera de
ses fils aînés des docteurs ou des avocats. Deux
fois l'année, mistres Tomahawk se rend à Cincin-
nati sur une voiture à six chevaux, qui, chargée
de beurre, de sucre d'érable, de farine et de fruits,
forme un cortège aussi pompeux que celui d'un
gouverneur. Deux de ses fils à cheval lui servent
toujours d'avant-coureurs, et elle est autant devenue l'effroi de tous les inspecteurs des marchés
qu'elle s'est rendue l'oracle et la favorite de toutes
les femmes... et de tous les hommes.

OCTAVIE OU L'ILLUSION

———

Ce fut au printemps de l'année 1835 qu'un vif
désir me prit de voir l'Italie. Tous les jours, en
m'éveillant, j'aspirais d'avance l'âpre senteur des
marronniers alpins; le soir, la cascade de Terni,
la source écumante du Téveron, jaillissaient pour
moi seul entre les portants éraillés des coulisses
d'un petit théâtre... Une voix délicieuse, comme
celle des sirènes, bruissait à mes oreilles, comme
si les roseaux de Trasimène eussent tout à coup
pris une voix... Il fal ut partir, laissant à Paris
un amour contrarié, auquel je voulais échapper
par la distraction.

C'est à Marseille que je m'arrêtai d'abord. Tous les matins, j'allais prendre les bains de mer au château Vert, et j'apercevais de loin en nageant les îles riantes du golfe. Tous les jours aussi je me rencontrais dans la baie azurée avec une jeune fille anglaise, dont le corps délié fendait l'eau verte auprès de moi. Cette fille des eaux, qui se nommait Octavie, vint un jour à moi, toute glorieuse d'une pêche étrange qu'elle avait faite. Elle tenait dans ses blanches mains un poisson qu'elle me donna. Je ne pus m'empêcher de sourire d'un tel présent.

Cependant le choléra régnait alors dans la ville, et, pour éviter les quarantaines, je me résolus à prendre la route de terre. Je vis Nice, Gênes et Florence; j'admirai le Dôme et le Baptistère, les chefs-d'œuvre de Michel-Ange, la tour penchée et le Campo-Santo de Pise. Puis, prenant la route de Spolète, je m'arrêtai dix jours à Rome. Le dôme de Saint-Pierre, le Vatican, le Colisée, m'apparurent ainsi qu'un rêve. Je me hâtai de prendre la poste pour Civita-Vecchia, où je devais m'embarquer.

Pendant trois jours, la mer furieuse retarda l'arrivée du bateau à vapeur. Sur cette plage désolée où je me promenais pensif, je faillis un jour être dévoré par les chiens. — La veille du jour où je partis, on donnait au théâtre un vaudeville français. Une tête blonde et sémillante attira mes regards. C'était la jeune Anglaise, qui avait pris place dans une loge d'avant-scène. Elle accompagnait son père, qui paraissait infirme, et à qui les médecins avaient recommandé le climat de Naples.

Le lendemain matin, je prenais tout joyeux mon billet de passage. La jeune Anglaise était sur le pont, qu'elle parcourait à grands pas, et, impatiente de la lenteur du navire, elle imprimait ses dents d'ivoire dans l'écorce d'un citron.

« Pauvre fille, lui dis-je, vous souffrez de la poitrine, j'en suis sûr, et ce n'est pas ce qu'il faudrait. »

Elle me regarda fixement et me dit :

« Qui l'a appris à vous ?

— La sibylle de Tibur, lui dis-je sans me déconcerter.

— Allez ! me dit-elle, je ne crois pas un mot de vous. »

Ce disant, elle me regardait tendrement et je ne pus m'empêcher de lui baiser la main.

11

« Si j'étais plus forte, dit-elle, je vous apprendrais à mentir!... »

Et elle me menaçait, en riant, d'une badine à tête d'or qu'elle tenait à la main.

Notre vaisseau touchait au port de Naples et nous traversions le golfe, entre Ischia et Nisida, inondées des feux de l'Orient.

« Si vous m'aimez, reprit-elle, vous irez m'attendre demain à Portici. Je ne donne pas à tout le monde de tels rendez-vous. »

Elle descendit sur la place du Môle et accompagna son père à l'*hôtel de Rome*, nouvellement construit sur la jetée. Pour moi, j'allai prendre mon logement derrière le théâtre des Florentins. Ma journée se passa à parcourir la rue de Tolède, la place du Môle, à visiter le Musée des études; puis j'allai le soir voir le ballet à San-Carlo. J'y fis rencontre du marquis Gargallo, que j'avais connu à Paris et qui me mena, après le spectacle, prendre le thé chez ses sœurs.

Jamais je n'oublierai la délicieuse soirée qui suivit. La marquise faisait les honneurs d'un vaste salon rempli d'étrangers. La conversation était un peu celle des Précieuses; je me croyais dans la chambre bleue de l'hôtel de Rambouillet. Les sœurs de la marquise, belles comme les Grâces, renouvelaient pour moi les prestiges de l'ancienne Grèce. On discuta longtemps sur la forme de la pierre d'Éleusis, se demandant si sa forme était triangulaire ou carrée. La marquise aurait pu prononcer en toute assurance, car elle était belle et fière comme Vesta.

Je sortis du palais la tête étourdie de cette discussion philosophique, et je ne pus parvenir à retrouver mon domicile. A force d'errer dans la ville, je devais y être enfin le héros de quelque aventure. La rencontre que je fis cette nuit-là est le sujet de la lettre suivante, que j'adressai plus tard à celle dont j'avais cru fuir l'amour fatal en m'éloignant de Paris.

« Je suis dans une inquiétude extrême. Depuis quatre jours, je ne vous vois pas ou je ne vous vois qu'avec tout le monde ; j'ai comme un fatal pressentiment. Que vous ayez été sincère avec moi, je le crois ; que vous soyez changée depuis quelques jours, je l'ignore, mais je le crains. Mon Dieu ! prenez pitié de mes incertitudes, ou vous attirerez sur nous quelque malheur. Voyez, ce serait moi-même que j'accuserais pourtant.

» J'ai été timide et dévoué plus qu'un homme ne le devrait montrer, j'ai entouré mon amour de tant de réserve, j'ai craint si fort de vous offenser, vous qui m'en aviez tant puni une fois déjà, que j'ai peut-être été trop loin dans ma délicatesse, et que vous avez pu me croire refroidi. Eh bien, j'ai respecté un jour important pour vous, j'ai contenu des émotions à briser l'âme, et je me suis couvert d'un masque souriant, moi dont le cœur haletait et brûlait. D'autres n'auront pas eu tant de ménagement, mais aussi nul ne vous a peut-être prouvé tant d'affection vraie, et n'a si bien senti tout ce que vous valez.

» Parlons franchement : je sais qu'il est des liens qu'une femme ne peut briser qu'avec peine, des relations incommodes qu'on ne peut rompre que lentement. Vous ai-je demandé de trop pénibles sacrifices ? Dites-moi vos chagrins, je les comprendrai. Vos craintes, votre fantaisie, les nécessités de votre position, rien de tout cela ne peut ébranler l'immense affection que je vous porte, ni troubler même la pureté de mon amour. Mais nous verrons ensemble ce qu'on peut admettre ou combattre, et, s'il était des nœuds qu'il fallût trancher et non dénouer, reposez-vous sur moi de ce soin. Manquer de franchise en ce moment serait de l'inhumanité peut-être : car, je vous l'ai dit, ma vie ne tient à rien qu'à votre volonté, et vous

savez bien que ma plus grande envie ne peut
être que de mourir pour vous!

» Mourir, grand Dieu! pourquoi cette idée me
revient-elle à tout propos, comme s'il n'y avait
que ma mort qui fût l'équivalent du bonheur que
vous promettez? La mort! ce mot ne répand cependant rien de sombre dans ma pensée. Elle
m'apparaît couronnée de roses pâles, comme à la
fin d'un festin; j'ai rêvé quelquefois qu'elle m'attendait en souriant au chevet d'une femme adorée,
après le bonheur, après l'ivresse, et qu'elle me
disait:

« — Allons, jeune homme! tu as eu toute ta
part de joie en ce monde. A présent, viens dormir,
viens te reposer dans mes bras. Je ne suis pas belle,
moi, [mais je [suis bonne et secourable, et je ne
donne pas le plaisir, mais le calme éternel. »

» Mais où donc cette image s'est-elle déjà offerte à
moi? Ah! je vous l'ai dit, c'était à Naples, il y a
trois ans. J'avais fait [rencontre dans la nuit, près
de la Villa-Reale, d'une jeune femme qui vous ressemblait, une très bonne créature dont l'état était
de faire des broderies d'or pour les ornements
d'église; elle semblait égarée d'esprit; je la recon-
duisis chez elle, bien qu'elle me parlât d'un amant
qu'elle avait dans les gardes suisses, et qu'elle

tremblait de voir arriver. Pourtant, elle ne fit pas
de difficulté de m'avouer que je lui plaisais davantage... Que vous dirai-je ? Il me prit fantaisie de
m'étourdir pour tout un soir, et de m'imaginer que
cette femme, dont je comprenais à peine le langage, était vous-même, descendue à moi par enchantement. Pourquoi vous tairais-je toute cette
aventure et la bizarre illusion que mon âme accepta
sans peine, surtout après quelques verres de
lacrima-christi mousseux qui me furent versés au
souper ? La chambre où j'étais entré avait quelque
chose de mystique par le hasard ou par le choix
singulier des objets qu'elle renfermait. Une madone
noire couverte d'oripeaux, et dont mon hôtesse
était chargée de rajeunir l'antique parure, figurait
sur une commode près d'un lit aux rideaux de
serge verte ; une figure de sainte Rosalie, couronnée de roses violettes, semblait plus loin protéger
le berceau d'un enfant endormi ; les murs, blanchis
à la chaux, étaient décorés de vieux tableaux des
quatre éléments représentant des divinités mythologiques. Ajoutez à cela un beau désordre d'étoffes
brillantes, de fleurs artificielles, de vases étrusques ;
des miroirs entourés de clinquant qui reflétaient
vivement la lueur de l'unique lampe de cuivre, et
sur une table, un Traité de la divination et des

songes qui me fit penser que ma compagne était
un peu sorcière ou bohémienne pour le moins.

» Une bonne vieille aux grands traits solennels
allait, venait, nous servant ; je crois que ce devait
être sa mère ! Et moi, tout pensif, je ne cessais de
regarder sans dire un mot celle qui me rappelait
si exactement votre souvenir.

» Cette femme me répétait à tout moment :

» — Vous êtes triste ! »

» Et je lui dis :

« Ne parlez pas, je puis à peine vous comprendre ;
l'italien me fatigue à écouter et à prononcer.

» — Oh ! dit-elle, je sais encore parler autrement. »

» Et elle parla tout à coup dans une langue que je
n'avais pas encore entendue. C'étaient des syllabes
sonores, gutturales, des gazouillements pleins de
charme une langue primitive sans doute ; de l'hé-
breu, du syriaque, je ne sais. Elle sourit de mon
étonnement, et s'en alla à sa commode, d'où elle
tira des ornements de fausses pierres, colliers, bra-
celets, couronne ; s'étant parée ainsi, elle revint à
table, puis resta sérieuse fort longtemps. La vieille,
en rentrant, poussa de grands éclats de rire et me
dit, je crois, que c'était ainsi qu'on la voyait aux
fêtes. En ce moment, l'enfant se réveilla et se prit

à crier. Les deux femmes coururent à son berceau, et bientôt la jeune revint près de moi tenant fièrement dans ses bras le *bambino* soudainement apaisé.

» Elle lui parlait dans cette langue que j'avais admirée, elle l'occupait avec des agaceries pleines de grâce ; et moi, peu accoutumé à l'effet des vins brûlés du Vésuve, je sentais tourner les objets devant mes yeux ; cette femme, aux manières étranges, royalement parée, fière et capricieuse, m'apparaissait comme une de ces magiciennes de Thessalie à qui l'on donnait son âme pour un rêve. Oh ! pourquoi n'ai-je pas craint de vous faire ce récit ? C'est que vous savez bien que ce n'était aussi qu'un rêve, où seule vous avez régné !

» Je m'arrachai à ce fantôme qui me séduisait et m'effrayait à la fois ; j'errai dans la ville déserte jusqu'au son des premières cloches ; puis, sentant le matin, je pris par les petites rues derrière Chiaïa, et je me mis à gravir le Pausilippe au-dessus de la grotte. Arrivé tout en haut, je me promenais en regardant la mer déjà bleue, la ville où l'on n'entendait encore que les bruits du matin, et les îles de la baie, où le soleil commençait à dorer le haut des villas. Je n'étais pas attristé le moins du monde, je marchais à grands pas, je courais, je descendais

les pentes, je me roulais dans l'herbe humide ;
mais dans mon cœur, il y avait l'idée de la
mort.

» O dieux ! je ne sais quelle profonde tristesse habitait mon âme, mais ce n'était autre chose que la
pensée cruelle que je n'étais pas aimé. J'avais vu
comme le fantôme du bonheur, j'avais usé de tous
les dons de Dieu, j'étais sous le plus beau ciel du
monde, en présence de la nature la plus parfaite,
dn spectacle le plus immense qu'il soit donné aux
hommes de voir, mais à quatre cents lieues de la
seule femme qui existât pour moi, et qui ignorait
jusqu'à mon existence. N'être pas aimé et n'avoir
pas l'espoir de l'être jamais ! C'est alors que je fus
tenté d'aller demander compte à Dieu de ma singulière existence. Il n'y avait qu'un pas à faire : à
l'endroit où j'étais, la montagne était coupée comme
une falaise, la mer grondait au bas, bleue et pure ;
ce n'était plus qu'un moment à souffrir. Oh ! l'étour-
dissement de cette pensée fut terrible. Deux fois je
me suis élancé, et je ne sais quel pouvoir me rejeta
vivant sur la terre que j'embrassai. Non, mon
Dieu ! vous ne m'avez pas créé pour mon éternelle
souffrance. Je ne veux pas vous outrager par ma
mort ; mais donnez-moi la force, donnez-moi le
pouvoir, donnez-moi surtout la résolution, qui fait

que les uns arrivent au trône, les autres à la gloire,
les autres à l'amour ! »

Pendant cette nuit étrange, un phénomène assez
rare s'était accompli. Vers la fin de la nuit, toutes
les ouvertures de la maison où je me trouvais
s'étaient éclairées, une poussière chaude et sou-
frée m'empêchait de respirer, et, laissant ma facile
conquête endormie sur la terrasse, je m'engageai
dans les ruelles qui conduisent au château Saint-
Elme ; à mesure que je gravissais la montagne,
l'air pur du matin venait gonfler mes poumons ; je
me reposais délicieusement sous les treilles des
villas, et je contemplais sans terreur le Vésuve
couvert encore d'une coupole de fumée.

C'est en ce moment que je fus saisi de l'étour-
dissement dont j'ai parlé ; la pensée du rendez-
vous qui m'avait été donné par la jeune Anglaise
m'arracha aux fatales idées que j'avais conçues.
Après avoir rafraîchi ma bouche avec une de
ces énormes grappes de raisin que vendent les
femmes du marché, je me dirigeai vers Portici et
j'allai visiter les ruines d'Herculanum. Les rues
étaient saupoudrées d'une cendre métallique.
Arrivé près des ruines, je descendis dans la ville
souterraine et je me promenai longtemps d'édifice
en édifice, demandant à ces monuments le secret

ds leur passé. Le temple de Vénus, celui de Mercure, parlaient en vain à mon imagination. Il fallait que cela fût peuplé de figures vivantes. — Je remontai à Portici et m'arrêtai pensif sous une treille en attendant mon inconnue.

Elle ne tarda pas à paraître, guidant la marche pénible de son père, et me serra la main avec force en me disant :

— C'est bien. »

Nous choisîmes un voiturin et nous allâmes visiter Pompéi. Avec quel bonheur je la guidai dans les rues silencieuses de l'antique colonie romaine ! J'en avais d'avance étudié les plus secrets passages. Quand nous arrivâmes au petit temple d'Isis, j'eus le bonheur de lui expliquer fidèlement les détails du culte et des cérémonies que j'avais lues dans Apulée. Elle voulut jouer elle-même le personnage de la Déesse, et je me vis chargé du rôle d'Osiris, dont j'expliquai les divins mystères.

En revenant, frappé de la grandeur des idées que nous venions de soulever, je n'osai lui parler d'amour... Elle me vit si froid qu'elle m'en fit reproche. Alors, je lui avouai que je ne me sentais plus digne d'elle. Je lui contai le mystère de cette

apparition qui avait réveillé un ancien amour dans
mon cœur, et toute la tristesse qui avait succédé à
cette nuit fatale où le fantôme du bonheur n'avait
été que le reproche d'un parjure.

Hélas ! que tout cela est loin de nous ! Il y a dix
ans, je repassais à Naples, venant d'Orient. J'allai
descendre à l'*hôtel de Rome*, et j'y retrouvai la
jeune Anglaise. Elle avait épousé un peintre célèbre qui, peu de temps après son mariage, avait
été pris d'une paralysie complète ; couché sur un
lit de repos, il n'avait rien de mobile dans le visage que deux grands yeux noirs, et, jeune encore,
il ne pouvait même espérer la guérison sous
d'autres climats. La pauvre fille avait dévoué son
existence à vivre tristement entre son époux et son
père, et sa douceur, sa candeur de vierge, ne pouvaient réussir à calmer l'atroce jalousie qui couvait
dans l'âme du premier. Rien ne put jamais l'engager à laisser sa femme libre dans ses promenades,
et il me rappelait ce géant noir qui veille éternellement dans la caverne des génies, et que sa femme
est forcée de battre pour l'empêcher de se livrer au
sommeil. O mystère de l'âme humaine ! Faut-il
voir dans un tel tableau les marques cruelles de la
vengeance des dieux !

Je ne pus donner qu'un jour au spectacle de

cette douleur. Le bateau qui me ramenait à Marseille emporta comme un rêve le souvenir de cette apparition chérie, et je me dis que peut-être j'avais laissé là le bonheur. Octavie en a gardé près d'elle le secret.

ISIS

SOUVENIRS DE POMPÉI

Avant l'établissement du chemin de fer de Naples
à Résina, une course à Pompéi était tout un voyage.
Il fallait une journée pour visiter successivement
Herculanum, le Vésuve, — et Pompéi, situé à deux
milles plus loin ; souvent même, on restait sur les
lieux jusqu'au lendemain, afin de parcourir Pompéi
pendant la nuit, à la clarté de la lune, et de se faire
ainsi une illusion complète. Chacun pouvait supposer, en effet, que remontant le cours des siècles,
il se voyait tout à coup admis à parcourir les rues

et les places de la ville endormie ; la lune paisible
convenait mieux peut-être que l'éclat du soleil à
ces ruines, qui n'excitent tout d'abord ni l'admiration ni la surprise, et où l'antiquité se montre
pour ainsi dire dans un déshabillé modeste.

Un des ambassadeurs résidant à Naples donna,
il y a quelques années, une fête assez ingénieuse.
Muni de toutes les autorisations nécessaires, il fit
costumer à l'antique un grand nombre de personnes ; les invités se conformèrent à cette disposition, et, pendant un jour et une nuit, l'on essaya
diverses représentations des usages de l'antique
colonie romaine. On comprend que la science avait
dirigé la plupart des détails de la fête ; des chars
parcouraient les rues, des marchands peuplaient
les boutiques ; des collations réunissaient, à certaines heures, dans les principales maisons, les
diverses compagnies des invités. Là, c'était l'édile
Pansa ; là, Julia-Félix, l'opulente fille de Scaurus,
qui recevaient les convives et les admettaient à
leurs foyers. — La maison des Vestales avait ses
habitantes voilées ; celle des Danseuses ne mentait
pas aux promesses de ses gracieux attributs. Les
deux théâtres offrirent des représentations comiques et tragiques, et, sous les colonnades du
Forum, des citoyens oisifs échangeaient les nou-

velles du jour, tandis que, dans la basilique ouverte
sur la place, on entendait retentir l'aigre voix des
avocats ou les imprécations des plaideurs. — Des
toiles et des tentures complétaient, dans tous les
lieux où de tels spectacles étaient offerts, l'effet de
décoration, que le manque général des toitures
aurait pu contrarier; mais on sait qu'à part ce
détail, la conservation de la plupart des édifices
est assez complète pour que l'on ait pu prendre
grand plaisir à cette tentative palingénésique. —
Un des spectacles les plus curieux fut la cérémonie
qui s'exécuta au coucher du soleil dans cet admirable petit temple d'Isis, qui, par sa parfaite
conservation, est peut-être la plus intéressante de
toutes ces ruines.

Il ne fut pas difficile de retrouver les costumes
nécessaires au culte de la bonne et mystérieuse
déesse, grâce aux deux tableaux antiques du musée de Naples, qui représentent le service sacré du
matin et le service du soir; mais la recherche et
l'explication des scènes principales qu'il fallut
rendre donna lieu à un travail fort curieux, dont
un savant allemand fut chargé. — Le marquis G...,
directeur de la bibliothèque, a bien voulu me permettre d'extraire les détails suivants du volume
manuscrit qui racontait l'établissement et les céré-

monies du culte d'Isis à Pompéi. On y trouve aussi
de curieuses recherches touchant les formes
qu'affecta le culte égyptien lorsqu'il en vint à lutter
directement avec la religion naissante du Christ.

— II

Après la mort d'Alexandre le Grand, les deux
principales religions d'où sont sorties les autres,
le culte des astres et celui du feu, dont la plus
haute expression fut la doctrine de Zoroastre, et la
plus grossière l'idolâtrie, formèrent ensemble une
étrange fusion. — Les systèmes religieux de
l'Orient et de l'Occident se rencontrèrent à Éphèse,
à Antioche, à Alexandrie et à Rome. La nouvelle
superstition égyptienne se répandit partout avec
une rapidité extraordinaire. Depuis longtemps, les
idées et les mythes de la vieille théogonie n'étaient
plus à la taille du monde grec et romain. — Jupiter
et Junon, Apollon et Diane, et tous les autres habitants de l'Olympe, pouvaient encore être invoqués,

et n'avaient pas perdu leur crédit dans l'opinion
publique. Leurs autels fumaient à certains jours
solennels de l'année ; leurs images étaient portées
en grande pompe par les chemins, et le temple et
le théâtre se remplissaient, les jours de fête, de
spectateurs nombreux. Mais ces spectateurs étaient
devenus étrangers à toute espèce d'adoration. —
L'art même, qui se jouait en d'idéales représentations des dieux, n'était plus qu'un appât raffiné
pour les sens. Aussi le petit nombre de fidèles qui
existaient encore avaient-ils la conviction que la
divinité habitait seulement dans les vieilles images
de forme roide et sèche, — appartenant à la théogonie primitive. Cette superstition populaire s'op-
posa vainement à l'effort des philosophes et des
sceptiques moqueurs. — Les lois divines et hu-
maines, et ce que les simples aïeux avaient consi-
déré comme le type de la sainteté, furent conspués
et foulés aux pieds. Mais, dans cet état de décom-
position générale, l'âme humaine ne sentit que
mieux le vide immense qu'elle s'était fait et un
désir secret de rétablir quelque chose de divin,
d'inexprimable. Un besoin semblable fut ressenti
à la fois par des milliers d'esprits blasés, et ce
vieil adage reçut une nouvelle confirmation, que
là où l'incrédulité règne, la superstition s'est déjà

ouvert une porte. — Le judaïsme parut à beaucoup
de personnes de nature à combler ce vide douloureux. On sait avec quelle rapidité le culte mosaïque conquit alors des sectateurs non seulement dans tout l'empire romain, mais au delà
même de ses frontières.

Pourtant le dogme de Jéhovah n'admettait pas
d'images, et il fallait à l'adoration matérialiste de
cette époque des formes palpables et parlantes.
Alors, l'Egypte, la mère et la conservatrice de
toutes les imaginations et aussi de toutes les extra-
vagances religieuses, offrit une satisfaction aux
besoins de l'âme et des sens. — Sérapis et Isis
vinrent en aide, l'un aux corps souffrants, l'autre
aux âmes languissantes. — Jupiter Sérapis, avec
la corbeille de fruits sur sa tête majestueuse et
rayonnante, déposséda bientôt, à Rome et dans la
Grèce, le Jupiter Olympien et Capitolin armé de sa
foudre. Le vieux Jupiter n'était bon qu'à tonner, et
ses éclats atteignaient souvent ses temples et l'arbre
qui lui était consacré. — Le dieu égyptien, héri-
tier des mystères et des traditions primitives de
l'ancien culte d'Apis et d'Osiris, et de toute la ma-
gnificence de l'Olympe grec, ne tenait pas vainement dans sa main la clef du Nil et du royaume des
ombres. Il pouvait guérir les mortels de tous les

maux dont ils sont affligés. Dans une plus large mesure, ce nouveau sauveur alexandrin opérait ces cures merveilleuses qu'autrefois Esculape, le dompteur de la douleur, avait faites à Epidaure. Presque tous les grands ports de mer de l'Italie eurent des sérapéons, — ainsi nommait-on les temples et les hôpitaux du Dieu guérisseur, — avec des vestibules et des colonnades, où un grand nombre de chambres et de salles de bains étaient préparées pour les malades. — Ces sérapéons étaient les lazarets et les maisons de santé de l'ancien monde. — Sans doute, il y avait là des remèdes naturels, et, avant tout, ceux des bains et du massage, combinés avec le magnétisme, le somnambulisme, et autres pratiques dont les prêtres possédaient et se transmettaient le secret ; mais cela était fondé sur une profonde connaissance des hommes d'alors ; et de cet empirisme sortit bientôt une remarquable et puissante médecine physique. — La merveilleuse puissance du dieu nous est attestée par les ruines de son temple à Pouzzoles. C'est à trois lieues de Naples, sur la côte de Campanie ; — maintenant, encore trois gigantesques colonnes, toutes ravagées qu'elles sont par les plantes grimpantes, du sein d'un monceau de ruines, proclament l'antique renommée du dieu, qui, dans ce populeux port de

mer, sous le nom de Sérapis Dusar, donnait refuge
et guérison. Une magnifique colonnade, qui, dans
les temps modernes, a été appropriée au palais de
Caserte, entourait les salles et les galeries. — On
y trouvait un grand nombre de chambres de malades et d'étuves entre les logements des prêtres et
des gardiens. Le long du rivage, depuis le volup-
tueux golfe de Neptuno jusqu'aux souterrains de
Trivergola, il y avait une série de lieux d'asile et
de guérison sous la protection du père universel Sérapis.

III

Mais, si puissant et si séduisant que fût le culte
régénéré d'Isis pour les hommes énervés de cette
époque, il agissait principalement sur les femmes.
— Tout ce que les étranges cérémonies et mystères
des Cabires et des dieux d'Eleusis, de la Grèce,
tout ce que les bacchanales du *Liber Pater* et de
l'*Hébon* de la Campanie et de la Grande Grèce,
tout ce que même la fête de la Bonne Déesse de
Rome avait offert séparément à la passion du mer-

veilleux et à la superstition même, se trouvait, par
un religieux artifice, rassemblé dans le culte secret
de la déesse égyptienne, comme en un canal souterrain qui reçoit les eaux d'une foule d'affluents.

Outre les fêtes particulières mensuelles et les
grandes solennités, il y avait deux fois par jour assemblée et office publics pour les croyants des deux
sexes. Dès la première heure du jour, la déesse
était sur pied, et celui qui voulait mériter ses grâces
particulières devait se présenter à son lever pour
la prière du matin. — Le temple était ouvert avec
grande pompe. Le grand prêtre sortait du sanctuaire accompagné de ses ministres. L'encens odo-
rant fumait sur l'autel ; de doux sons de flûte se
faisaient entendre. — Cependant la communauté
s'était partagée en deux rangs, dans le vestibule,
jusqu'au premier degré du temple. — La voix du
prêtre invite à la prière, une sorte de litanie est psal-
modiée ; puis on entend retentir dans les mains de
quelques adorateurs les sons éclatants du sistre
d'Isis. Souvent, une partie de l'histoire de la déesse
est représentée au moyen de pantomimes et de
danses symboliques. Les éléments de son culte
sont présentés avec des invocations au peuple age-
nouillé, qui chante ou qui murmure toute sorte d'o-
raisons.

Mais, si l'on avait, au lever du soleil, célébré les matines de la déesse, on ne devait pas négliger de lui offrir ses salutations du soir et de lui souhaiter une nuit heureuse, formule particulière qui constituait une des parties importantes de la liturgie. On commençait par annoncer à la déesse elle-même *l'heure du soir*.

Les anciens ne possédaient pas, il est vrai, la commodité de l'horloge sonnante, ni même de l'horloge muette; mais ils suppléaient, autant qu'ils le pouvaient, à nos machines d'acier et de cuivre par des machines vivantes, par des esclaves chargés de crier l'heure d'après la clepsydre et le cadran solaire; — il y avait même des hommes qui, rien qu'à la grandeur de leur ombre, qu'ils savaient estimer à vue d'œil, pouvaient dire l'heure exacte du jour ou du soir. — Cet usage de crier les déterminations du temps était également admis dans les temples. Il y avait à Rome des gens pieux qui remplissaient auprès de Jupiter Capitolin ce singulier office de lui dire les heures. — Mais cette coutume était principalement observée aux matines et aux vêpres de la grande Isis, et c'est de cela que dépendait l'ordonnance de la liturgie quotidienne.

IV

Cela se faisait dans l'après-midi, au moment de la fermeture solennelle du temple, vers quatre heures, selon la division moderne du temps, ou, selon la division antique, après la huitième heure du jour. — C'était ce que l'on pourrait appeler le petit coucher de la déesse. De tout temps, les dieux surent se conformer aux us et coutumes des hommes. — Sur son Olympe, le *Zeus* d'Homère mène l'existence patriarcale, avec ses femmes, ses fils et ses filles, et vit absolument comme Priam et Arsinoüs aux pays troyen et phéacien. Il fallut également que les deux grandes divinités du Nil, Isis et Sérapis, du moment qu'elles s'établirent à Rome et sur les rivages d'Italie, s'accommodassent à la manière de vivre des Romains. — Même du temps des derniers empereurs, on se levait de bon matin à Rome, et, vers la première ou la deuxième heure du jour, tout était en mouvement sur les places, dans les cours de justice et sur les marchés. — Mais ensuite, vers la huitième heure de la journée ou la quatrième de l'après-midi, toute activité avait cessé. De la vie publique et à ciel ouvert on passait au repos domestique, aux bains et aux repas. Car la huitième heure était alors, on le sait, le moment du dîner, non seulement à Rome, mais dans tout l'ancien monde. — De là vient qu'à ce moment tous les temples étaient fermés; plus tard, la mère Isis, dans un office solennel du soir, était une dernière fois glorifiée, adorée, et honorée des sons redoublés du sistre d'or.

Les autres parties de la liturgie étaient la plupart de celles qui s'exécutaient aux matines, avec cette différence toutefois que les litanies et les hymnes étaient entonnées et chantées, au bruit des sistres, des flûtes et des trompettes, par un psalmiste ou préchantre qui, dans l'ordre des prêtres, remplissait les fonctions d'hymnode. — Au moment le plus solennel, le grand prêtre, debout sur le dernier degré, devant le tabernacle, accosté à droite et à gauche de deux diacres ou pastophores, élevait le principal élément du culte, le symbole du Nil fertilisateur, l'*eau bénite*, et la présentait à la fervente adoration des fidèles. La cérémonie se terminait par la formule de congé ordinaire.

Les idées superstitieuses attachées à de certains jours, les ablutions, les jeûnes, les expiations, les

macérations et les mortifications de la chair étaient
le prélude de la consécration à la plus sainte des
déesses de mille qualités et vertus, auxquelles hommes et femmes, après maintes épreuves et mille
sacrifices, s'élevaient par trois degrés. Toutefois,
l'introduction de ces mystères ouvrit la porte à
quelques déportements. — A la faveur des prépa-
rations et des épreuves, qui, souvent, duraient un
grand nombre de jours, et qu'aucun époux n'osait
refuser à sa femme, aucun amant à sa maîtresse,
dans la crainte du fouet d'Osiris ou des vipères
d'Isis, se donnaient dans les sanctuaires des rendez-
vous équivoques, recouverts par les voiles impéné-
trables de l'initiation. — Mais ce sont là des excès
communs à tous les cultes dans leurs époques de
décadence. Les mêmes accusations furent adressées
aux pratiques mystérieuses et aux agapes des premiers chrétiens. — L'idée d'une *terre sainte* où devaient se rattacher pour tous les peuples le souvenir des traditions premières et une sorte d'adoration
filiale, — d'une eau sainte propre aux consécrations
et purifications des fidèles, — présente des rapports
plus nobles à étudier entre ces deux cultes, dont
l'un a, pour ainsi dire, servi de transition vers
l'autre.

Toute eau était douce pour l'Egyptien, mais sur-

tout celle qui avait été puisée au fleuve, émanation
d'Osiris. A la fête annuelle d'Osiris retrouvé, où,
après de longues lamentations, on criait : *Nous
l'avons trouvé, et nous nous réjouissons tous !* tout le
monde se jetait à terre devant la cruche remplie
d'eau du Nil nouvellement puisée que portait le
grand prêtre ; on levait les mains vers le ciel, exal-
tant le miracle de la miséricorde divine.

La sainte eau du Nil, conservée dans la cruche
sacrée, était aussi à la fête d'Isis le plus vivant
symbole du père des vivants et des morts. Isis ne
pouvait être honorée sans Osiris. — Le fidèle croyait
même à la présence réelle d'Osiris dans l'eau du
Nil, et, à chaque bénédiction du soir et du matin, le
grand prêtre montrait au peuple l'*hydria*, la sainte
cruche, et l'offrait à son adoration. — On ne négli-
geait rien pour pénétrer profondément l'esprit des
spectateurs du caractère de cette divine transsubs-
tantiation. — Le prophète lui-même, quelque
grande que fût la sainteté de ce personnage, ne
pouvait saisir avec ses mains nues le vase dans lequel s'opérait le divin mystère. — Il portait sur son
étole, de la plus fine toile, une sorte de pélerine
(*piviale*) également de lin ou de mousseline, qui lui
couvrait les épaules et les bras, et dans laquelle il
enveloppait son bras et sa main. — Ainsi ajusté, il

prenait le saint vase, qu'il portait ensuite, au rapport de saint Clément d'Alexandrie, serré contre son sein. — D'ailleurs, quelle était la vertu que le Nil ne possédât pas aux yeux du pieux Egyptien ? On en parlait partout comme d'une source de guérisons et de miracles. Il y avait des vases où son eau se conservait plusieurs années. « J'ai dans ma cave de l'eau du Nil de quatre ans », disait avec orgueil le marchand égyptien à l'habitant de Bysance ou de Naples qui lui vantait son vieux vin de Falerne ou de Chios. Même après la mort, sous ses bandelettes et dans sa condition de momie, l'Egyptien espérait qu'Osiris lui permettrait encore d'étancher sa soif avec son onde vénérée. « Osiris te donne de l'eau fraîche ! » disaient les épitaphes des morts. — C'est pour cela que les momies portaient une coupe peinte sur la poitrine.

V

A la droite du prophète qui portait l'hydria (*hydriophoros*), se tenait une femme représentant, par les attributs et par le costume, la déesse Isis

elle-même. — Isis devait toujours, en effet, par-
tager les hommages rendus à Osiris. — Elle ne
portait pas les cheveux ras comme le reste du
clergé, mais les avait, au contraire, longs et bouclés.

Une chose également très caractéristique pour
la représentation d'Isis, c'est ce que la prêtresse
tenait dans les mains. — De la droite, elle soulevait
ce fameux instrument que les Grecs nommaient
sistron et les Égyptiens *kemkem*. — La tristesse à
l'occasion de la mort d'Osiris, et la joie lorsqu'il
était retrouvé, tels étaient les principaux points de
la religion égyptienne dans la période qui suivit la
conquête des Perses. Pour toutes les litanies de
tristesse et de joie qui étaient chantées lors de ces
grandes fêtes, c'était le sistre d'Isis qui marquait la
mesure. — Un sistre bien fait devait, en mémoire
des quatre éléments, avoir quatre petits bâtons. —
On peut croire que jamais le sistre ne s'agitait sans
rappeler le souvenir de la mort et de la résurrection
d'Osiris. De la main gauche, la prêtresse tenait un
arrosoir, par lequel on voulait signifier la fécondité
que le Nil procurait à la terre. — Isis y puisait de
l'eau pour les besoins du culte et aussi pour la fé-
condation du sol. — Car, si Osiris est la force des
eaux, Isis est la force de la terre et passe pour le
principe de la fertilité.

Le prêtre qui chantait les hymnes et les prières, ou préchantre, jouissait d'une estime particulière. Il se tenait sur le degré inférieur du temple, au milieu de la double rangée du peuple, et dirigeait l'ensemble au moyen d'un bâton en forme de sceptre. Les Grecs nommaient ce liturge ou maître de la chapelle du culte d'Isis, le chanteur ou le chanteur d'hymnes (*odos, hymnodos*). Il rappelle les rhabdotes et rhapsodes, qui chantaient, un bâton de laurier à la main.

Apulée parle, en plusieurs endroits, des flûtes et cornets qui, dans les cérémonies d'Isis et d'Osiris, par des modulations lamentables ou joyeuses, mettaient les assistants dans des dispositions d'esprit convenables ; cette musique provenait d'une sorte de flûte dont on attribuait l'invention à Osiris. — Un autre personnage qui terminait la rangée des fidèles de l'autre côté, et dont le costume s'accordait parfaitement avec celui des prêtres d'Isis d'un ordre inférieur, avait la tête tondue, et portait le tablier autour des reins. — Mais il tenait dans la main un des plus énigmatiques symboles égyptiens, la croix ansée (*crux ansata*), dont le savant Daunou a trouvé tout un soubassement couvert dans un temple de Philé.

Il va sans dire qu'ici aucune victime sanglante

n'était immolée, et que jamais la flamme de l'autel
ne consumait des chairs palpitantes. — Isis, le
principe de la vie et la mère de tous les êtres vivants, dédaignait les sacrifices sanglants. — De
l'eau du fleuve sacré ou du lait étaient seulement
répandus pour elle; pour elle brûlaient aussi de
l'encens et d'autres parfums.

Dans le temple, tout était significatif et caractéristique : le nombre impair des degrés sur lesquels
la chapelle est élevée avait aussi un sens mystique.
— En général, le prêtre égyptien cherchait à s'en-
tourer des souvenirs de la terre sacrée du Nil, et,
au moyen des végétaux et des animaux de l'Egypte,
à transporter les sectateurs de cette nouvelle religion dans le pays où elle avait pris naissance. —
Ce n'était point par hasard qu'on avait planté deux
palmiers à droite et à gauche du bosquet odorifé-
rant qui entourait la chapelle : car le palmier,
qui tous les mois pousse de nouveaux rameaux,
était un symbole de la puissance des grands dieux.
De là les porteurs de palmiers qui figuraient aux
processions, et dont il est fait mention dans la
célèbre inscription de Rosette.

A la fin de la cérémonie, selon un passage
d'Apulée, un des prêtres prononçait la formule
ordinaire : « Congé au peuple ! » qui est devenue

la formule chrétienne : *Ite missa est* ; et à laquelle
le peuple répondait par son adieu accoutumé à la
déesse : « Portez-vous bien », ou : « Maintenez-
vous en santé ! »

VI

Peut-être faut-il craindre, en voyage, de gâter
par des lectures faites d'avance l'impression première des lieux célèbres. J'avais visité l'Orient
avec les seuls souvenirs, déjà vagues, de mon édu-
cation classique. — Au retour de l'Egypte,
Naples était pour moi un lieu de repos et d'étude,
et les précieux dépôts de ses bibliothèques et de
ses musées me servaient à justifier ou à combattre
les hypothèses que mon esprit s'était formées à
l'aspect de tant de ruines inexpliquées ou muettes.
— Peut-être ai-je dû au souvenir éclatant
d'Alexandrie, de Thèbes et des Pyramides, l'impression presque religieuse que me causa une
seconde fois la vue du temple d'Isis de Pompéi.
J'avais laissé mes compagnons de voyage admirer
dans tous ses détails la maison de Diomède, et me

dérobant à l'attention des gardiens, je m'étais
jeté au hasard dans les rues de la ville antique,
évitant çà et là quelque invalide qui me demandait de loin où j'allais, et m'inquiétant peu de
savoir le nom que la science avait retrouvé pour
tel ou tel édifice, pour un temple, pour une maison, pour une boutique. N'était-ce pas assez que
les drogmans et les Arabes m'eussent gâté les
Pyramides, sans subir encore la tyrannie des *cice-
roni* napolitains? J'étais entré par la rue des Tom-
beaux; il était clair qu'en suivant cette voie pavée
de lave, où se dessine encore l'ornière profonde
des roues antiques, je retrouverais le temple de la
déesse égyptienne, situé à l'extrémité de la ville,
auprès du théâtre tragique. Cependant, des temples consacrés aux dieux grecs et romains frap-
paient mes yeux par leur masse imposante et leurs
nombreuses colonnes, et l'*Iseum* semblait perdu
dans les maisons particulières. Enfin, pénétrant
çà et là dans les bâtiments, j'entrai dans une enceinte par une porte basse, et là, il n'y avait plus
à douter, le souvenir des deux tableaux antiques
que j'avais vus au Musée des études, et qui représentent les cérémonies décrites plus haut du culte
d'Isis, s'accordait avec l'architecture du monument
que j'avais devant les yeux. — C'était bien là l'é-

troite cour jadis fermée d'une grille, les colonnes
encore debout, les deux autels à droite et à gauche,
dont le dernier est d'une conservation parfaite, et
au fond, l'antique *cella* s'élevant sur sept marches
autrefois revêtues de marbre de Paros.

Huit colonnes d'ordre dorique, sans base, sou-
tiennent les côtés, et dix autres le fronton ; l'enceinte est découverte, selon le genre d'architecture dit *hypœtron*, mais un portique couvert régnait
alentour. Le sanctuaire a la forme d'un petit
temple carré, voûté, couvert en tuiles, et présente
trois niches destinées aux images de la Trinité
égyptienne ; — deux autels placés au fond du
sanctuaire portaient les tables isiaques, dont l'une
a été conservée, et sur la base de la principale
statue de la déesse, placée au centre de la nef intérieure, on a pu lire que *L. C. Phœbus* l'avait éri-
gée dans ce lieu par décret des décurions.

Près de l'autel de gauche, dans la cour, était
une petite loge destinée aux purifications ; quelques bas-reliefs en décoraient les murailles. Deux
vases contenant l'eau lustrale se trouvaient, en
outre, placés à l'entrée de la porte intérieure,
comme le sont nos bénitiers. Des peintures sur
stuc décoraient l'intérieur du temple et représen-
taient des tableaux de la campagne, des plantes

et des animaux de l'Egypte, — la terre sacrée.

J'avais admiré au Musée les richesses qu'on a retirées de ce temple, les lampes, les coupes, les encensoirs, les burettes, les goupillons, les mitres et les crosses brillantes des prêtres, les sistres, les clairons et les cymbales, une Vénus dorée, un Bacchus, des Hermès, des sièges d'argent et d'ivoire, des idoles de basalte et des pavés de mosaïque ornés d'inscriptions et d'emblèmes. La plupart de ces objets, dont la matière et le travail précieux indiquent la richesse du temple, ont été découverts dans le lieu saint le plus retiré, situé derrière le sanctuaire, et où l'on arrive en passant sous cinq arcades. Là, une petite cour oblongue conduit à une chambre qui contenait des ornements sacrés. L'habitation des ministres isiaques, située à gauche du temple, se composait de trois pièces, et l'on trouva dans l'enceinte plusieurs cadavres de ces prêtres à qui l'on suppose que leur religion fit un devoir de ne pas abandonner le sanctuaire.

Ce temple est la ruine la mieux conservée de Pompéi, parce qu'à l'époque où la ville fut ensevelie, il en était le monument le plus nouveau. L'ancien temple avait été renversé quelques années auparavant par un tremblement de terre, et nous

voyons là celui qu'on avait rebâti à sa place. —
J'ignore si quelqu'une des statues d'Isis du
Musée de Naples aura été retrouvée dans ce lieu
même, mais je les avais admirées la veille, et rien
ne m'empêchait, en y joignant le souvenir des
tableaux, de reconstruire dans ma pensée toute la
scène de la cérémonie du soir.

Justement le soleil commençait à s'abaisser vers
Caprée et la lune montait lentement du côté du
Vésuve, couvert de son léger dais de fumée. Je
m'assis sur une pierre, en contemplant ces deux
astres qu'on avait longtemps adorés dans ce temple
sous les noms d'Osiris et d'Isis, et sous des attributs mystiques faisant allusion à leurs diverses
phases, et je me sentis pris d'une vive émotion.
Enfant d'un siècle sceptique plutôt qu'incrédule,
flottant entre deux éducations contraires, celle de
la Révolution, qui niait tout, et celle de la réaction
sociale, qui prétend ramener l'ensemble des
croyances chrétiennes, me verrais-je entraîné à
tout croire, comme nos pères les philosophes
l'avaient été à tout nier ? — Je songeais à ce magnifique préambule des *Ruines* de Volney, qui fait
apparaître le Génie du passé sur les ruines de
Palmyre et qui n'emprunte à des aspirations si
hautes que la puissance de détruire pièce à pièce

tout l'ensemble des traditions religieuses du genre humain ! Ainsi périssait, sous l'effort de la raison moderne, le Christ lui-même, ce dernier des révélateurs, qui, au nom d'une raison plus haute, avait autrefois dépeuplé les cieux. O nature ! ô mère éternelle ! était-ce là vraiment le sort réservé au dernier de tes fils célestes ? Les mortels en sont-ils venus à repousser toute espérance et tout prestige, et, levant ton voile sacré, déesse de Saïs ! le plus hardi de tes adeptes s'est-il donc trouvé face à face avec l'image de la Mort ?

Si la chute successive des croyances conduisait à ce résultat, ne serait-il pas plus consolant de tomber dans l'excès contraire et d'essayer de se reprendre aux illusions du passé ?

VII

Il est évident que, dans les derniers temps, le paganisme s'était retrempé dans son origine égyptienne, et tendait de plus en plus à ramener au principe de l'unité les diverses conceptions mythologiques. Cette éternelle Nature, que Lucrèce, le matérialiste, invoquait lui-même sous le nom de Vénus Céleste, a été préférablement nommée Cybèle par Julien, Uranie ou Cérès par Plotin, Proclus et Porphyre ; — Apulée, lui donnant tous ces noms, l'appelle plus volontiers Isis ; c'est le nom qui, pour lui, résume tous les autres ; c'est l'identité primitive de cette reine du ciel, aux attributs divers, au masque changeant! Aussi lui apparaît-elle vêtue à l'égyptienne, mais dégagée des allures roides, des bandelettes et des formes naïves du premier temps.

Les cheveux épais et longs, terminés en boucles, inondent en flottant ses divines épaules ; une couronne multiforme et multiflore pare sa tête, et la lune argentée brille sur son front; des deux côtés se tordent des serpents parmi de blonds épis, et sa robe aux reflets indécis passe, selon le mouvement de ses plis, de la blancheur la plus pure au jaune de safran, ou semble emprunter sa rougeur à la flamme; son manteau, d'un noir foncé, est semé d'étoiles et frangé d'étoiles lumineuse ; sa main droite tient le sistre qui rend un son clair, sa main gauche un vase d'or en forme de gondole.

Telle, exhalant les plus délicieux parfums de l'Arabie Heureuse, elle apparaît à Lucius, et lui dit :

« Tes prières m'ont touchée ; moi, la mère de la nature, la maîtresse des éléments, la source première des siècles, la plus grande des divinités, la reine des mânes ; moi qui confonds en moi-même et les dieux et les déesses ; moi dont l'univers a adoré sous mille formes l'unique et toute-puissante divinité. Ainsi, l'on me nomme en Phrygie, Cybèle ; à Athènes, Minerve ; en Chypre, Vénus Paphienne ; en Crète, Diane Dyctinne ; en Sicile, Proserpine Stygienne ; à Éleusis, l'antique Cérès ; ailleurs, Junon, Bellone, Hécate ou Némésis, tandis que l'Egyptien, qui dans les sciences précéda tous les autres peuples, me rend hommage sous mon vrai nom de la déesse Isis.

« Qu'il te souvienne, dit-elle à Lucius après lui avoir indiqué les moyens d'échapper à l'enchantement dont il est victime, que tu dois me consacrer le reste de ta vie, et, dès que tu auras franchi le sombre bord, tu ne cesseras encore de m'adorer, soit dans les ténèbres de l'Achéron ou dans les Champs-Élysées ; et si, par l'observation de mon culte et par une inviolable chasteté, tu mérites bien de moi, tu sauras que je puis seule prolonger ta vie spirituelle au delà des bornes marquées. »

Ayant prononcé ces adorables paroles, l'invincible déesse disparaît et se recueille *dans sa propre immensité.*

Certes, si le paganisme avait toujours manifesté une conception aussi pure de la Divinité, les principes religieux issus de la vieille terre d'Égypte règneraient encore selon cette forme sur la civilisation moderne. Mais n'est-il pas à remarquer que c'est aussi de l'Egypte que nous viennent les premiers fondements de la foi chrétienne ? Orphée et Moïse, initiés tous deux aux mystères isiaques, ont simplement annoncé à des races diverses des vérités sublimes, — que la différence des mœurs, des langages, et l'espace des temps ont ensuite peu à peu altérées ou transformées entièrement. — Aujourd'hui, il semble que le catholicisme lui-même ait subi, selon les pays, une réaction analogue à celle qui avait lieu dans les dernières années du polythéisme. En Italie, en Pologne, en Grèce, en Espagne, chez tous les peuples les plus sincèrement attachés à l'Église romaine, la dévotion à la Vierge n'est-elle pas devenue une sorte de culte exclusif ? N'est-ce pas toujours la Mère sainte, tenant dans ses bras l'enfant sauveur et médiateur qui domine les esprits, — et dont l'apparition produit encore des conversions comparables à celle du héros d'Apulée ? Isis n'a pas seulement où l'en-

fant dans les bras, ou la croix à la main comme la
Vierge : le même signe zodiacal leur est consacré,
la lune est sous leurs pieds ; le même nimbe brille
autour de leur tête ; nous avons rapporté plus haut
mille détails analogues dans les cérémonies ; —
même sentiment de chasteté dans le culte isiaque,
tant que la doctrine est restée pure ; institutions
pareilles d'associations et de confréries. Je me
garderai certes de tirer de tous ces rapprochements
les mêmes conclusions que Volney et Dupuis. Au
contraire, aux yeux du philosophe, sinon du théo-
logien, — ne peut-il pas sembler qu'il y ait eu,
dans tous les cultes intelligents, une certaine part
de révélation divine ? Le christianisme primitif a
invoqué la parole des sibylles et n'a point repoussé
le témoignage des derniers oracles de Delphes.
Une évolution nouvelle des dogmes pourrait faire
concorder sur certains points les témoignages religieux des divers temps. Il serait si beau d'absoudre
et d'arracher aux malédictions éternelles les héros
et les sages de l'antiquité !

Loin de moi, certes, la pensée d'avoir réuni les
détails qui précèdent en vue seulement de prouver
que la religion chrétienne a fait de nombreux em-
prunts aux dernières formules du paganisme : ce
point n'est nié de personne. Toute religion qui

succède à une autre respecte longtemps certaines
pratiques et formes de culte, qu'elle se borne à
harmoniser avec ses propres dogmes. Ainsi la
vieille théologie des Egyptiens et des Pélasges
s'était seulement modifiée et traduite chez les
Grecs, parée de noms et d'attributs nouveaux; —
plus tard encore, dans la phase religieuse que nous
venons de dépeindre, Sérapis, qui était déjà une
transformation d'Osiris, en devenait une de Jupiter; Isis, qui n'avait, pour entrer dans le mythe
grec, qu'à reprendre son nom d'Io, fille d'Inachus,
— le fondateur des mystères d'Eleusis, — repous-
sait désormais le masque bestial, symbole d'une
époque de lutte et de servitude. Mais voyez combien d'assimilations aisées le christianisme allait
trouver dans ces rapides transformations des
dogmes les plus divers! — Laissons de côté la
croix de Sérapis et le séjour aux enfers de ce dieu
qui juge les âmes; — le *Rédempteur* promis à la
terre, et que pressentaient depuis longtemps les
poëtes et les oracles, est-ce l'enfant Horus allaité
par la mère divine, et qui sera le *Verbe* (logos) des
âges futurs? Est-ce l'Iacchus-Iésus des mystères
d'Éleusis, plus grand déjà, et s'élançant des bras
de Déméter, la déesse *panthée?* ou plutôt n'est-il
pas vrai qu'il faut réunir tous ces modes divers

d'une même idée, et que ce fut toujours une admirable pensée théogonique de présenter à l'adoration des hommes une Mère céleste dont l'enfant est l'espoir du monde?

Et, maintenant, pourquoi ces cris d'ivresse et de joie, ces chants du ciel, ces palmes qu'on agite, ces gâteaux sacrés qu'on se partage à de certains jours de l'année? C'est que l'enfant sauveur est né jadis en ce même temps. — Pourquoi ces autres jours de pleurs et de chants lugubres où l'on cherche le corps d'un Dieu meurtri et sanglant, — où les gémissements retentissent des bords du Nil aux rives de la Phénicie, des hauteurs du Liban aux plaines où fut Troie? Pourquoi celui qu'on cherche et qu'on pleure s'appelle-t-il ici Osiris, plus loin Adomis, plus loin Atys? et pourquoi une autre clameur qui vient du fond de l'Asie cherche-t-elle aussi dans les grottes mystérieuses les restes d'un dieu immolé? — Une femme divinisée, mère, épouse ou amante, baigne de ses larmes ce corps saignant et défiguré, victime d'un principe hostile qui triomphe par sa mort, mais qui sera vaincu un jour! La victime céleste est représentée par le marbre ou la cire, avec ses chairs ensanglantées, avec ses plaies vives, que les fidèles viennent toucher et baiser pieusement. Mais, le roisième jour, tout change : le corps a disparu, l'immortel s'est révélé ; la joie succède aux pleurs, l'espérance renaît sur la terre ; c'est la fête renouvelée de la jeunesse et du printemps.

Voilà le culte oriental, primitif et postérieur à la fois aux fables de la Grèce, qui avait fini par envahir et absorber peu à peu le domaine des dieux d'Homère. Le ciel mythologique rayonnait d'un trop pur éclat, il était d'une beauté trop précise et trop nette, il respirait trop le bonheur, l'abondance et la sérénité, il était, en un mot, trop bien conçu au point de vue des gens heureux, des peuples riches et vainqueurs, pour s'imposer longtemps au monde agité et souffrant. — Les Grecs l'avaient fait triompher par la victoire dans cette lutte presque cosmogonique qu'Homère a chantée, et, depuis encore, la force et la gloire des dieux s'étaient incarnées dans les destinées de Rome ; — mais la douleur et l'esprit de vengeance agissaient sur le reste du monde, qui ne voulait plus s'abandonner qu'aux religions du désespoir. — La philosophie accomplissait, d'autre part, un travail d'assimilation et d'unité morale ; la chose attendue dans les esprits se réalisa dans l'ordre des faits. Cette Mère divine, ce Sauveur qu'une sorte de mirage prophétique avait annoncés çà et là d'un bout à l'autre du monde, apparurent enfin comme le grand jour qui succède aux vagues clartés de l'aurore.

EMILIE

OU LE FORT DE BITCHE

SOUVENIRS DE LA RÉVOLUTION FRANÇAISE

———

Personne n'a bien su l'histoire du lieutenant Desroches, qui se fit tuer l'an passé au combat de Hambergen, deux mois après ses noces. Si ce fut là un véritable suicide, que Dieu veuille lui pardonner ! Mais, certes, celui qui meurt en défendant sa patrie ne mérite pas que son action soit nommée ainsi, quelle qu'ait été sa pensée d'ailleurs.

— Nous voilà retombés, dit le docteur, dans le chapitre des capitulations de conscience. Desroches était un philosophe décidé à quitter la vie : il n a pas voulu que sa mort fût inutile ; il s'est élancé

bravement dans la mêlée; il a tué le plus d'Allemands qu'il a pu, en disant : « Je ne puis mieux
faire à présent; je meurs content. » Et il a crié :
Vive l'empereur! en recevant le coup de sabre qui
'a abattu. Dix soldats de sa compagnie vous le
diront.

— Et ce n'en fut pas moins un suicide, répliqua
Arthur. Toutefois, je pense qu'on aurait eu tort de
lui fermer l'église...

— A ce compte, vous flétririez le dévouement
de Curtius. Ce jeune chevalier romain était peut-
être ruiné par le jeu, malheureux dans ses amours,
las de la vie, qui sait? Mais, assurément, il est
beau, en songeant à quitter le monde, de rendre sa
mort utile aux autres; et voilà pourquoi cela ne
peut s'appeler un suicide, car le suicide n'est autre
chose que l'acte suprême de l'égoïsme, et c'est
pour cela seulement qu'il est flétri parmi les
hommes... A quoi pensez-vous, Arthur?

— Je pense à ce que vous disiez tout à l'heure,
que Desroches, avant de mourir, avait tué le plus
d'Allemands possible...

— Eh bien?

— Eh bien, ces braves gens sont allés rendre
devant Dieu un triste témoignage de la belle mort

du lieutenant ; vous me permettrez de dire que c'est là un *suicide* bien *homicide*.

— Eh ! qui va songer à cela ? Des Allemands, ce sont des ennemis.

— Mais y en a-t-il pour l'homme résolu à *mourir ?* A ce moment-là, tout instinct de nationalité s'efface, et je doute que l'on songe à un autre pays que l'autre monde, et à un autre empereur que Dieu. Mais l'abbé, nous écoute sans rien dire, et cependant j'espère que je parle ici selon ses idées. — Allons, l'abbé, dites-nous votre opinion, et tâchez de nous mettre d'accord ; c'est là une mine de controverse assez abondante, et l'histoire de Desroches, ou plutôt ce que nous en croyons savoir, le docteur et moi, ne paraît pas moins ténébreuse que les profonds raisonnements qu'elle a soulevés parmi nous.

— Oui, dit le docteur, Desroches, à ce qu'on prétend, était très affligé de sa dernière blessure, celle qui l'avait si fort défiguré ; et peut-être a-t-il surpris quelque grimace ou quelque raillerie de sa nouvelle épouse : les philosophes sont susceptibles. En tout cas, il est mort, et volontairement.

— Volontairement, puisque vous y persistez ; mais n'appelez pas suicide la mort qu'on trouve dans une bataille ; vous ajouteriez un contresens de

14

mots à celui peut-être que vous faites en pensée ; on meurt dans une mêlée parce qu'on y rencontre quelque chose qui tue ; ne meurt pas qui veut.

— Eh bien, voulez-vous que ce soit la fatalité ?

— A mon tour, interrompit l'abbé, qui s'était recueilli pendant cette discussion : il vous semblera singulier peut-être que je combatte vos paradoxes ou vos suppositions...

— Eh bien, parlez, parlez ; vous en savez plus que nous, assurément. Vous habitez Bitche depuis longtemps ; on dit que Desroches vous connaissait, et peut-être même s'est-il confessé à vous...

— En ce cas, je devrais me taire ; mais il n'en fut rien, malheureusement, et, toutefois, la mort de Desroches fut chrétienne, croyez-moi ; et je vais vous en raconter les causes et les circonstances, afin que vous emportiez cette idée que ce fut là encore un honnête homme, ainsi qu'un bon soldat, mort à temps pour l'humanité, pour lui-même, et selon les desseins de Dieu.

« Desroches était entré dans un régiment à quatorze ans, à l'époque où, la plupart de hommes s'étant fait tuer sur la frontière, notre armée républicaine se recrutait parmi les enfants. Faible de corps, mince comme une jeune fille, et pâle, ses

camarades souffraient de lui voir porter un fusil
sous lequel ployait son épaule. Vous devez avoir
entendu dire qu'on obtint du capitaine l'autorisation
de le lui rogner de six pouces. Ainsi accommodée à
ses forces, l'arme de l'enfant fit merveilles dans les
guerres de Flandre ; plus tard, Desroches fut dirigé
sur Haguenau, dans ce pays où nous faisions,
c'est-à-dire où vous faisiez la guerre depuis longtemps.

A l'époque dont je vais vous parler, Desroches
était dans la force de l'âge et servait d'enseigne au
régiment bien plus que le numéro d'ordre et le
drapeau, car il avait à peu près seul survécu à deux
renouvellements, et il venait enfin d'être nommé
lieutenant quand, à Bergheim, il y a vingt-sept
mois, en commandant une charge à la baïonnette,
il reçut un coup de sabre prussien tout au travers
de la figure. La blessure était affreuse ; les chi-
rurgiens de l'ambulance, qui l'avaient souvent
plaisanté, lui vierge encore d'une égratignure
après trente combats, froncèrent le sourcil quand
on l'apporta devant eux. « S'il guérit, dirent-ils, le
malheureux deviendra imbécile ou fou. »

C'est à Metz que le lieutenant fut envoyé pour
se guérir. La civière avait fait plusieurs lieues sans
qu'il s'en aperçût ; installé dans un bon lit et en-

touré de soins, il lui fallut cinq ou six mois pour
arriver à se mettre sur son séant, et cent jours encore pour ouvrir un œil et distinguer les objets.
On lui ordonna bientôt les fortifiants, le soleil,
puis le mouvement, enfin la promenade, et, un
matin, soutenu par deux camarades, il s'achemina
tout vacillant, tout étourdi, vers le quai Saint-
Vincent, qui touche presque à l'hôpital militaire,
et, là, on le fit asseoir sur l'esplanade, au soleil de
midi, sous les tilleuls du jardin public : le pauvre
blessé croyait voir le jour pour la première fois.

A force d'aller ainsi, il put bientôt marcher seul,
et, chaque matin, il s'asseyait sur un banc, au
même endroit de l'esplanade, la tête ensevelie
dans un amas de taffetas noir, sous lequel à peine
on découvrait un coin de visage humain, et sur
son passage, lorsqu'il se croisait avec des prome-
neurs, il était assuré d'un grand salut des hommes,
et d'un geste de profonde commisération des
femmes, ce qui le consolait peu.

Mais, une fois assis à sa place, il oubliait son
infortune pour ne plus songer qu'au bonheur de
vivre après un tel ébranlement, et au plaisir de
voir en quel séjour il vivait. Devant lui, la vieille
citadelle, ruinée sous Louis XVI, étalait ses rem-
parts dégradés ; sur sa tête, les tilleuls en fleurs

projetaient leur ombre épaisse ; à ses pieds, dans
la vallée qui se déploie au-dessous de l'esplanade,
les prés Saint-Symphorien que vivifie, en les
noyant, la Moselle débordée, et qui verdissent
entre ses deux bras ; puis le petit îlot, l'oasis de la
poudrière, cette île du Saulcy, semée d'ombrages,
de chaumières ; enfin, la chute de la Moselle et ses
blanches écumes, ses détours étincelant au soleil,
puis tout au bout, bornant le regard, la chaîne
des Vosges, bleuâtre et comme vaporeuse au
grand jour ; voilà le spectacle qu'il admirait toujours davantage, en pensant que là était son pays,
non pas la terre conquise, mais la province vraiment française, tandis que ces riches départements
nouveaux, où il avait fait la guerre, n'étaient que
des beautés fugitives, incertaines, comme celles de
la femme gagnée hier, qui ne nous appartiendra
plus demain.

Vers le mois de juin, aux premiers jours, la cha-
leur était grande, et, le banc favori de Desroches
se trouvant bien à l'ombre, deux femmes vinrent
s'asseoir près du blessé. Il salua tranquillement et
continua de contempler l'horizon ; mais sa position inspirait tant d'intérêt que les deux femmes
ne purent s'empêcher de le questionner et de le
plaindre.

L'une des deux, fort âgée, était la tante de l'autre qui se nommait Émilie, et qui avait pour occupation de broder des ornements d'or sur de la soie ou du velours. Desroches questionna comme on lui en avait donné l'exemple, et la tante lui apprit que la jeune fille avait quitté Haguenau pour lui faire compagnie, qu'elle brodait pour les églises, et qu'elle était depuis longtemps privée de tous ses autres parents.

Le lendemain, le banc fut occupé comme la veille ; au bout d'une semaine, il y avait traité d'alliance entre les trois propriétaires de ce banc favori, et Desroches, tout faible qu'il était, tout humilié par les attentions que la jeune fille lui prodiguait comme au plus inoffensif vieillard, Desroches se sentit léger, en fonds de plaisanteries, et plus près de se réjouir que de s'affliger de cette bonne fortune inattendue.

Alors, de retour à l'hôpital, il se rappela sa hideuse blessure, cet épouvantail dont il avait souvent gémi en lui-même, et que l'habitude et la convalescence lui avaient rendu depuis longtemps moins déplorable.

Il est certain que Desroches n'avait pu encore ni soulever l'appareil inutile de sa blessure, ni se regarder dans un miroir. De ce jour-là, cette idée

le fit frémir plus que jamais. Cependant il se hasarda à écarter un coin du taffetas protecteur, et
il trouva dessous une cicatrice un peu rose encore,
mais qui n'avait rien de trop repoussant. En poursuivant cette observation, il reconnut que les différentes parties de son visage s'étaient recousues
convenablement entre elles, et que l'œil demeu-
rait fort limpide et fort sain. Il manquait bien
quelques brins de sourcils, mais c'était si peu de
chose ! Cette raie oblique qui descendait du front
à l'oreille en traversant la joue, c'était... eh bien,
c'était un coup de sabre reçu à l'attaque des lignes
de Bergheim, et rien n'est plus beau, les chansons
l'ont assez dit.

Donc, Desroches fut étonné de se retrouver si
présentable après la longue absence qu'il avait
faite de lui-même. Il ramena fort adroitement ses
cheveux, qui grisonnaient du côté blessé, sous les
cheveux noirs abondants du côté gauche, étendit sa
moustache sur la ligne de la cicatrice, le plus loin
possible, et, ayant endossé son uniforme neuf, il se
rendit le lendemain à l'esplanade d'un air assez
triomphant.

Dans le fait, il s'était si bien redressé, si bien
tourné, son épée avait si bonne grâce à battre sa
cuisse, et il portait le schako si martialement in-

cliné en avant, que personne ne le reconnut dans
le trajet de l'hôpital au jardin ; il arriva le premier
au banc des tilleuls, et s'assit comme à l'ordinaire,
en apparence, mais au fond bien plus troublé et
bien plus pâle, malgré l'approbation du miroir.

Les deux dames ne tardèrent pas à arriver ;
mais elles s'éloignèrent tout à coup en voyant un
bel officier occuper leur place habituelle. Desroches
fut tout ému.

« Eh quoi ! leur cria-t-il, vous ne me reconnaissez
pas ?... »

Ne pensez pas que ces préliminaires nous conduisent à une de ces histoires où la pitié devient
de l'amour, comme dans les opéras du temps. Le
lieutenant avait désormais des idées plus sérieuses.
Content d'être encore jugé comme un cavalier pas-
sable, il se hâta de rassurer les deux dames, qui
paraissaient disposées, d'après sa transformation,
à revenir sur l'intimité commencée entre eux trois.
Leur réserve ne put tenir devant ces franches dé-
clarations. L'union était sortable de tous points,
d'ailleurs : Desroches avait un petit bien de famille
près d'Épinal ; Émilie possédait, comme héritage
de ses parents, une petite maison à Haguenau,
louée au café de la ville, et qui rapportait encore
cinq à six cents francs de rente. Il est vrai qu'il en

revenait la moitié à son frère Wilhelm, principal
clerc du notaire Schennberg.

Quand les dispositions furent bien arrêtées, on
résolut de se rendre pour la noce à cette petite
ville, car là était le domicile réel de la jeune fille,
qui n'habitait Metz depuis quelque temps que
pour ne point quitter sa tante. Toutefois, on
convint de revenir à Metz après le mariage. Émilie
se faisait un grand plaisir de revoir son frère. Desroches s'étonna à plusieurs reprises que ce jeune
homme ne fût pas aux armées comme tous ceux
de notre temps; on lui répondit qu'il avait été réformé pour cause de santé. Desroches le plaignit
vivement.

Voici donc les deux fiancés et la tante en route
pour Haguenau; ils ont pris des places dans la
voiture publique qui relaye à Bitche, laquelle était
alors une simple patache composée de cuir et
d'osier.

La route est belle, comme vous savez. Desroches,
qui ne l'avait jamais faite qu'en uniforme, un sabre
à la main, en compagnie de trois à quatre mille
hommes, admirait les solitudes, les roches bizarres,
les horizons bornés par cette dentelure, des monts
revêtus d'une sombre verdure, que de longues val-
lées interrompent seulement de loin en loin. Les

riches plateaux de Saint-Avold, les manufactures de
Sarreguemines, les petits taillis compacts de Lim-
blingue, où les frênes, les peupliers et les sapins
étalent leur triple couche de verdure nuancée du
gris au vert sombre : vous savez combien tout cela
est d'un aspect magnifique et charmant.

A peine arrivés à Bitche, les voyageurs descendirent à la petite auberge du *Dragon*, et Desroches
me fit demander au fort. J'arrivai avec empressement ; je vis sa nouvelle famille, et je complimentai
la jeune demoiselle, qui était d'une rare beauté,
d'un maintien doux, et qui paraissait fort éprise de
son futur époux. Ils déjeunèrent tous trois avec moi,
à la place où nous sommes assis dans ce moment.
Plusieurs officiers, camarades de Desroches, attirés
par le bruit de son arrivée, le vinrent chercher à
l'auberge et le retinrent à dîner chez l'hôtelier de la
redoute, où l'état-major payait pension. Il fut convenu que les deux dames se retireraient de bonne
heure, et que le lieutenant donnerait à ses camarades sa dernière soirée de garçon.

Le repas fut gai ; tout le monde savourait sa part
du bonheur et de la gaieté que Desroches ramenait
avec lui. On lui parla de l'Egypte, de l'Italie, avec
transport, en faisant des plaintes amères sur cette

mauvaise fortune qui confinait tant de bons soldats dans des forteresses de frontière.

« Oui, murmuraient quelques officiers, nous étouffons ici, la vie est fatigante et monotone; autant vaudrait être sur un vaisseau que de vivre ainsi sans combats, sans distractions, sans avancement possible. « Le fort est imprenable », a dit Bonaparte quand il a passé ici en rejoignant l'armée d'Allemagne; nous n'avons donc rien que la chance de mourir d'ennui.

— Hélas! mes amis, répondit Desroches, ce n'était guère plus amusant de mon temps : car j'ai été ici comme vous, et je me suis plaint comme vous aussi. Moi, soldat parvenu jusqu'à l'épaulette à force d'user les souliers du gouvernement dans tous les chemins du monde, je ne savais guère alors que trois choses : l'exercice, la direction du vent et la grammaire, comme on l'apprend chez le magister. Aussi, lorsque je fus nommé sous-lieutenant et envoyé à Bitche avec le 2e bataillon du Cher, je regardais ce séjour comme une excellente occasion d'études sérieuses et suivies. Dans cette pensée, je m'étais procuré une collection de livres, de cartes et de plans. J'ai étudié la théorie et appris l'allemand sans étude, car, dans ce pays français et bon français, on ne parle que cette langue. De

sorte que ce temps, si long pour vous qui n'avez
plus tant à apprendre, je le trouvais court et insuf-
fisant, et, quand la nuit venait, je me réfugiais
dans un petit cabinet de pierre sous la vis du grand
escalier ; j'allumais ma lampe en calfeutrant hermé-
tiquement les meurtrières, et je travaillais.

« Une de ces nuits-là... »

Ici, Desroches s'arrêta un instant, passa la main
sur ses yeux, vida son verre, et reprit son récit
sans terminer sa phrase.

« Vous connaissez tous, dit-il, ce petit sentier
qui monte de la plaine ici, et que l'on a rendu tout
à fait impraticable en faisant sauter un gros rocher,
à la place duquel à présent s'ouvre un abîme. Eh
bien, ce passage a toujours été meurtrier pour les
ennemis toutes les fois qu'ils ont tenté d'assaillir le
fort ; à peine engagés dans ce sentier, les malheureux essuyaient le feu de quatre pièces de vingt-
quatre, qu'on n'a pas dérangées sans doute, et qui
rasaient le sol dans toute la longueur de cette
pente...

—Vous avez dû vous distinguer, dit un colonel à
Desroches. Est-ce là que vous avez gagné la lieu-
tenance ?

—Oui, colonel, et c'est là que j'ai tué le premier,
le seul homme que j'aie frappé en face et de ma

propre main. C'est pourquoi la vue de ce fort me sera toujours pénible.

— Que nous dites-vous là ? s'écria-t-on : quoi! vous avez fait vingt ans la guerre, vous avez assisté à quinze batailles rangées, à cinquante combats peut-être, et vous prétendez n'avoir jamais tué qu'un seul ennemi ?

— Je n'ai pas dit cela, messieurs : des dix mille cartouches que j'ai bourrées dans mon fusil, qui sait si la moitié n'a pas lancé une balle au but que le soldat cherche ? Mais j'affirme qu'à Bitche, pour la première fois, ma main s'est rougie du sang d'un ennemi, et que j'ai fait le cruel essai d'une pointe de sabre que le bras pousse jusqu'à ce qu'elle crève une poitrine humaine et s'y cache en frémissant.

— C'est vrai, interrompit l'un des officiers, le soldat tue beaucoup et ne le sent presque jamais. Une fusillade n'est pas, à vrai dire, une exécution, mais une intention mortelle. Quant à la baïonnette, elle fonctionne peu dans les charges les plus désastreuses ; c'est un conflit dans lequel l'un des deux ennemis tient ou cède sans porter de coups : les fusils s'entre-choquent, puis se relèvent quand la résistance cesse. Le cavalier, par exemple, frappe réellement...

— Aussi, reprit Desroches, de même que l'on

n'oublie pas le dernier regard d'un adversaire tué
en duel, son dernier râle, le bruit de sa lourde chute,
de même je porte en moi presque comme un remords, riez-en si vous pouvez, l'image pâle et fu-
nèbre du sergent prussien que j'ai tué dans la petite
poudrière du fort. »

Tout le monde fit silence, et Desroches commença
son récit.

« C'était la nuit ; je travaillais, comme je l'ai
expliqué tout à l'heure. A deux heures, tout doit
dormir, excepté les sentinelles. Les patrouilles sont
fort silencieuses, et tout bruit fait esclandre. Pourtant, je crus entendre comme un mouvement pro-
longé dans la galerie qui s'étendait sous ma
chambre ; on heurtait à une porte, et cette porte cra-
quait. Je courus, je prêtai l'oreille au fond du
corridor, et j'appelai à demi-voix la sentinelle : pas
de réponse. J'eus bientôt réveillé les canonniers,
endossé l'uniforme, et, prenant mon sabre sans
fourreau, je courus du côté du bruit. Nous arrivâmes
trente, à peu près, dans le rond-point que forme la
galerie vers son centre, et, à la lueur de quelques
lanternes, nous reconnûmes les Prussiens, qu'un
traître avait introduits par la poterne fermée. Ils
se pressaient avec désordre, et, en nous aperce-
vant, ils tirèrent quelques coups de fusil, dont

l'éclat fut effroyable dans cette pénombre et sous
ces voûtes écrasées. Alors, on se trouva face à face ;
les assaillants continuaient d'arriver ; les défenseurs
descendirent précipitamment dans la galerie ; on
en vint à pouvoir à peine se remuer ; mais il y avait
entre les deux partis un espace de six à huit pieds,
un champ clos que personne ne songeait à occuper,
tant il y avait de stupeur chez les Français surpris,
et de défiance chez les Prussiens désappointés.
Pourtant, l'hésitation dura peu. La scène se trouvait éclairée par des flambeaux et des lanternes ;
quelques canonniers avaient suspendu les leurs
aux parois ; une sorte de combat antique s'en-
gagea ; j'étais au premier rang, je me trouvais en
face d'un sergent prussien de haute taille, tout
couvert de chevrons et de décorations. Il était armé
d'un fusil, mais il pouvait à peine le remuer, tant
la presse était compacte ; tous ces détails me sont
encore présents, hélas ! Je ne sais s'il songeait
même à me résister ; je m'élançai vers lui, j'en-
fonçai mon sabre dans ce noble cœur ; la victime
ouvrit horriblement les yeux, crispa ses mains
avec effort, et tomba dans les bras des autres soldats... Je ne me rappelle pas ce qui suivit ; je me
retrouvai dans la première cour, tout mouillé de
sang ; les Prussiens, refoulés par la poterne,

avaient été reconduits à coups de canon jusqu'à leurs campements.

Après cette histoire, il se fit un long silence, et puis l'on parla d'autre chose. C'était un triste et curieux spectacle pour le penseur que toutes ces physionomies de soldats assombries par le récit d'une infortune si vulgaire en apparence... et l'on pouvait savoir au juste ce que vaut la vie d'un homme, même d'un Allemand, Docteur, en interrogeant les regards intimidés de ces tueurs de profession.

— Il est certain, répondit le docteur un peu étourdi, que le sang de l'homme crie bien haut, de quelque façon qu'il soit versé ; cependant Desroches n'a point fait de mal : il se défendait.

— Qui le sait? murmura Arthur.

— Vous qui parliez de capitulation de conscience, Docteur, dites-nous si cette mort du sergent ne ressemble pas un peu à un assassinat. Est-il sûr que le Prussien eût tué Desroches?

— Mais c'est la guerre, que voulez-vous !

— A la bonne heure, oui, c'est la guerre. On tue à trois cents pas dans les ténèbres un homme qui ne vous connaît pas et ne vous voit pas ; on égorge en face, et avec la fureur dans le regard, des gens contre lesquels on n'a pas de haine, et c'est avec cette réflexion qu'on s'en console et qu'on s'en glorifie! Et cela se fait honorablement entre des peuples chrétiens!...

« L'aventure de Desroches sema donc différentes impressions dans l'esprit des assistants. Et puis l'on alla se mettre au lit. Notre officier oublia le premier sa lugubre histoire, parce que, de la petite chambre qui lui était donnée, on apercevait parmi les massifs d'arbres une certaine fenêtre de l'hôtel du *Dragon* éclairée de l'intérieur par une veilleuse. Là dormait tout son avenir. Lorsqu'au milieu de la nuit les rondes et le qui-vive venaient le réveiller, il se disait qu'en cas d'alarme son courage ne pourrait plus comme autrefois galvaniser tout l'homme, et qu'il s'y mêlerait un peu de regret et de crainte. Avant l'heure de la diane, le lendemain, le capitaine de garde lui ouvrit là une porte, et il trouva ses deux amies qui se promenaient en l'attendant le long des fossés extérieurs. Je les accompagnai jusqu'à Neunhoffen, car ils devaient se marier à l'état civil d'Haguenau, et revenir à Metz pour la bénédiction nuptiale.

Wilhelm, le frère d'Émilie, fit à Desroches un accueil assez cordial. Les deux beaux-frères se regardaient parfois avec une attention opiniâtre.

Wilhelm était d'une taille moyenne, mais bien prise. Ses cheveux blonds étaient rares déjà, comme s'il eût été miné par l'étude ou par les chagrins ; il portait des lunettes bleues à cause de sa vue, si faible, disait-il, que la moindre lumière le faisait souffrir. Desroches apportait une liasse de papiers que le jeune praticien examina curieusement, puis il produisit lui-même tous les titres de sa famille, en forçant Desroches à s'en rendre compte ; mais il avait affaire à un homme confiant, amoureux et désintéressé : les enquêtes ne furent donc pas longues. Cette manière de procéder parut flatter quelque peu Wilhelm ; aussi commença-t-il à prendre le bras de Desroches, à lui offrir une de ses meilleures pipes, et à le conduire chez tous ses amis d'Haguenau.

Partout on fumait et l'on buvait force bière. Après dix présentations, Desroches demanda grâce, et on lui permit de ne plus passer ses soirées qu'auprès de sa fiancée.

Peu de jours après, les deux amoureux du banc de l'esplanade étaient deux époux unis par monsieur le maire d'Haguenau, vénérable fonctionnaire qui avait dû être bourgmestre avant la révolution française, et qui avait tenu dans ses bras bien souvent la petite Émilie, que peut-être il avait enregistrée lui-même à sa naissance; aussi lui dit-il bien bas, la veille de son mariage :

« Pourquoi n'épousez-vous donc pas un bon Allemand? »

Émilie paraissait peu tenir à ces distinctions. Wilhelm lui-même s'était réconcilié avec la moustache du lieutenant, car, il faut le dire, au premier abord, il y avait eu réserve de la part de ces deux hommes; mais, Desroches y mettant beaucoup du sien, Wilhelm faisant un peu pour sa sœur, et la bonne tante pacifiant et adoucissant toutes les entrevues, on réussit à fonder un parfait accord. Wilhelm embrassa de fort bonne grâce son beau-frère après la signature du contrat. Le jour même, car tout s'était conclu vers neuf heures, les quatre voyageurs partirent pour Metz. Il était six heures du soir quand la voiture s'arrêta à Bitche, au grand hôtel du *Dragon*.

On voyage difficilement dans ce pays entre-coupé de ruisseaux et de bouquets de bois; il y a dix côtes par lieu, et la voiture du messager secoue rudement ses voyageurs. Ce fut là peut-être la meilleure raison du malaise qu'éprouva la jeune épouse en arrivant à l'auberge. Sa tante et Desroches s'installèrent auprès d'elle, et Wilhelm, qui souffrait d'une faim dévorante, descendit dans la petite salle où l'on servait à huit heures le souper des officiers.

Cette fois, personne ne savait le retour de Desroches. La journée avait été employée par la garnison à des excursions dans les taillis de Huspoletden. Desroches, pour n'être pas enlevé au poste qu'il occupait près de sa femme, défendit à l'hôtesse de prononcer son nom. Réunis tous trois près de la petite fenêtre de la chambre, ils virent rentrer les troupes au fort, et, la nuit s'approchant, les glacis se bordèrent de soldats en négligé qui savouraient le pain de munition et le fromage de chèvre fourni par la cantine.

Cependant Wilhelm, en homme qui veut tromper l'heure et la faim, avait allumé sa pipe, et sur le seuil de la porte il se reposait entre la fumée du tabac et celle du repas, double volupté pour l'oisif et pour l'affamé. Les officiers, à l'aspect de ce voyageur bourgeois dont la casquette était enfoncée jusqu'aux oreilles et les lunettes bleues braquées vers la cuisine, comprirent qu'ils ne seraient pas seuls à table et voulurent lier connaissance avec l'étranger : car il pouvait venir de loin, avoir de l'esprit, raconter des nouvelles, et, dans ce cas, c'était une bonne fortune ; ou arriver des environs, garder un silence stupide, et alors c'était un niais dont on pouvait rire.

Un sous-lieutenant des écoles s'approcha de Wilhelm avec une politesse qui frisait l'exagération.

« Bonsoir, Monsieur; savez-vous des nouvelles de Paris?

— Non, Monsieur; et vous? dit tranquillement Wilhelm.

— Ma foi, Monsieur, nous ne sortons pas de Bitche : comment saurions-nous quelque chose?

— Et moi, Monsieur, je ne sors jamais de mon cabinet.

— Seriez-vous dans le génie? »

Cette raillerie dirigée contre les lunettes de Wilhelm égaya beaucoup l'assemblée.

« Je suis clerc de notaire, Monsieur.

— En vérité? A votre âge, c'est surprenant.

— Monsieur, dit Wilhelm, est-ce que vous voudriez voir mon passeport?

— Non, certainement.

— Eh bien, dites-moi que vous ne vous moquez pas de ma personne, et je vais vous satisfaire sur tous les points.

L'assemblée reprit son sérieux.

« Je vous ai demandé sans intention maligne si vous faisiez partie du génie, parce que vous portez des lunettes. Ne savez-vous pas que les officiers de cette armée ont seuls le droit de se mettre des verres sur les yeux ?

— Et cela prouve-t-il que je sois soldat ou officier, comme vous voudrez ?

— Mais tout le monde est soldat aujourd'hui. Vous n'avez pas vingt-cinq ans, vous devez appartenir à l'armée ; ou bien vous êtes riche, vous avez quinze ou vingt mille francs de rente, vos parents ont fait des sacrifices... et dans ce cas-là, on ne dîne pas à une table d'hôte d'auberge.

— Monsieur, dit Wilhelm en secouant sa pipe, peut-être avez-vous le droit de me soumettre à cette inquisition ; alors je dois vous répondre catégoriquement. Je n'ai pas de rentes, puisque je suis un simple clerc de notaire, comme je vous l'ai dit. J'ai été réformé pour cause de mauvaise vue. Je suis myope, en un mot. »

Un éclat de rire général et intempéré accueillit cette déclaration.

« Ah ! jeune homme ! jeune homme ! s'écria le capitaine Vallier en lui frappant sur l'épaule, vous avez bien raison, vous profitez du proverbe : *Il vaut mieux être poltron et vivre plus longtemps !* »

Wilhelm rougit jusqu'aux yeux.

« Je ne suis pas un poltron, Monsieur le capitaine ! et je vous le prouverai quand il vous plaira. D'ailleurs, mes papiers sont en règle, et, si vous êtes officier de recrutement, je puis vous les montrer.

— Assez, assez, crièrent quelques officiers ; laisse ce bourgeois tranquille, Vallier. Monsieur est un particulier paisible, il a le droit de souper ici.

— Oui, dit ce capitaine ; ainsi mettons-nous à table, et sans rancune, jeune homme. Rassurez-vous, je ne suis pas chirurgien examinateur, et cette salle à manger n'est pas une salle de revision. Pour vous prouver ma bonne volonté, je m'offre à vous découper une aile de ce vieux dur à cuire qu'on nous donne pour un poulet.

— Je vous remercie, dit Wilhelm, à qui la faim avait passé ; je mangerai seulement de ces truites qui sont au bout de la table. »

Et il fit signe à la servante de lui apporter le plat.

« Sont-ce des truites vraiment ? dit le capitaine à Wilhelm, qui avait ôté ses lunettes en se mettant à table. Ma foi, Monsieur, vous avez meilleure vue que moi-même ; tenez, franchement, vous ajusteriez votre fusil tout aussi bien qu'un autre...

Mais vous avez eu des protections, vous en profitez,
très bien. Vous aimez la paix, c'est un goût tout
comme un autre. Moi, à votre place, je ne pourrais
pas lire un bulletin de la grande armée, et songer
que les jeunes gens de mon âge se font tuer en
Allemagne, sans me sentir bouillir le sang dans
les veines. Vous n'êtes donc pas Français?

— Non, dit Wilhelm avec effort et satisfaction à
la fois, je suis né à Haguenau; je ne suis pas Français, je suis Allemand.

— Allemand? Haguenau, est situé en deçà de
la province rhénane, c'est un bon et beau village
de l'Empire français, département du Bas-Rhin.
Voyez la carte.

— Je suis de Haguenau, vous dis-je, village
d'Allemagne il y a dix ans, aujourd'hui village de
France; et, moi, je suis Allemand toujours,
comme vous seriez Français jusqu'à la mort, si
votre pays appartenait jamais aux Allemands.

— Vous dites là des choses dangereuses, jeune
homme, songez-y.

— J'ai tort peut-être, dit impétueusement Wilhelm; mon sentiment à moi est de ceux qu'il importe, sans doute, de garder dans son cœur, si
l'on ne peut les changer. Mais c'est vous-même
qui avez poussé si loin les choses qu'il faut, à

tout prix, que e me justifie ou que je passe pour un
lâche. Oui, tel est le motif qui, dans ma conscience,
légitime le soin que j'ai mis à profiter d'une infir-
mité réelle, sans doute, mais qui peut-être n'eut
pas dû arrêter un homme de cœur. Oui, je l'avoue-
rai, je ne me sens point de haine contre les peuples que vous combattez aujourd'hui. Je songe que,
si le malheur eût voulu que je fusse obligé de marcher contre eux, j'aurais dû, moi aussi, ravager
des campagnes allemandes, brûler des villes, égor-
ger des compatriotes, ou d'anciens compatriotes,
si vous aimez mieux, et frapper, au milieu d'un
groupe de prétendus ennemis, oui, frapper, qui
sait? des parents, d'anciens amis de mon père...
Allons, allons, vous voyez bien qu'il vaut mieux
pour moi écrire des rôles chez le notaire d'Haguenau... D'ailleurs, il y a assez de sang versé dans
ma famille ; mon père a répandu le sien jusqu'à la
dernière goutte, voyez-vous, et moi...

— Votre père était soldat ? interrompit le capitaine Vallier.

— Mon père était sergent dans l'armée prus-
sienne, et il a défendu longtemps ce territoire que
vous occupez aujourd'hui. Enfin, il fut tué à la dernière attaque du fort de Bitche. »

Tout le monde était fort attentif à ces dernières

paroles de Wilhelm, qui arrêtèrent l'envie qu'on avait, quelques minutes auparavant, de rétorquer ses paradoxes touchant le corps particulier de sa nationalité.

« C'était donc en 93?

— En 93, le 17 novembre. Mon père était parti la veille de Sirmasen pour rejoindre sa compagnie. Je sais qu'il dit à ma mère qu'au moyen d'un plan hardi cette citadelle serait emportée sans coup férir. On nous le rapporta mourant vingt-quatre heures après; il expira sur le seuil de la porte, après m'avoir fait jurer de rester auprès de ma mère, qui lui survécut quinze jours. J'ai su que, dans l'attaque qui eut lieu cette nuit-là, il reçut dans la poitrine le coup de sabre d'un jeune soldat, qui abattit ainsi l'un des plus beaux grenadiers de l'armée du prince de Hohenlohe.

— Mais on nous a raconté cette histoire, dit le major.

— Eh bien, dit le capitaine Vallier, c'est toute l'aventure du sergent prussien tué par Desroches.

— Desroches! s'écria Wilhelm; est-ce du lieutenant Desroches que vous parlez?

— Oh! non, se hâta de dire un officier, qui s'aperçut qu'il allait y avoir là quelque révélation

terrible ; ce Desroches dont nous parlons était un
chasseur de la garnison, mort il y a quatre ans,
car son premier exploit ne lui a pas porté bonheur.

— Ah ! il est mort », dit Wilhelm en essuyant
son front, d'où tombaient de larges gouttes de
sueur.

Quelques minutes après, les officiers le saluè-
rent et le laissèrent seul. Desroches, ayant vu par
la fenêtre qu'ils s'étaient tous éloignés, descendit
dans la salle à manger, où il trouva son beau-
frère accoudé sur la longue table et la tête dans
ses mains.

« Eh bien, eh bien, nous dormons déjà ?...
Mais je veux souper moi ; ma femme s'est endormie enfin, et j'ai une faim terrible... Allons, un
verre de vin, cela nous réveillera, et vous me tien-
drez compagnie.

— Non, j'ai mal à la tête, dit Wilhelm, je monte
à ma chambre. A propos, ces messieurs m'ont
beaucoup parlé des curiosités du fort. Ne pourriez-
vous pas m'y conduire demain !

— Mais sans doute, mon ami.

— Alors, demain matin, je vous éveillerai. »

Desroches soupira, puis il alla prendre possession du second lit qu'on avait préparé dans la

chambre où son beau-frère venait de monter (car Desroches couchait seul, n'étant mari qu'au civil). Wilhelm ne put dormir de la nuit, et tantôt il pleurait en silence, et tantôt il dévorait de regards furieux le dormeur, qui souriait dans ses songes.

Ce qu'on appelle le pressentiment ressemble fort au poisson précurseur qui avertit les cétacés immenses et presque aveugles que là pointille une roche tranchante, ou qu'ici est un fond de sable. Nous marchons dans la vie si machinalement que certains caractères, dont l'habitude est insouciante, iraient se heurter ou se briser sans avoir pu se souvenir de Dieu, s'il ne paraissait un peu de limon à la surface de leur bonheur. Les uns s'assombrissent au vol du corbeau, les autres sans motifs; d'autres, en s'éveillant, restent soucieux sur leur séant parce qu'ils ont fait un rêve sinistre. Tout cela est pressentiment. « Vous allez courir un danger, dit le rêve. — Prenez garde, crie le corbeau. — Soyez triste », murmure le cerveau qui s'alourdit.

Desroches, vers la fin de la nuit, eut un songe étrange. Il se trouvait au fond d'un souterrain; derrière lui marchait une ombre blanche dont les vêtements frôlaient ses talons; quand il se retournait, l'ombre reculait; elle finit par s'éloigner à une telle distance que Desroches ne distinguait plus qu'un point blanc ; ce point grandit, devint lumineux, emplit toute la grotte et s'éteignit. Un léger bruit se faisait entendre : c'était Wilhelm qui rentrait dans la chambre, le chapeau sur la tête et enveloppé d'un long manteau bleu.

Desroches se réveilla en sursaut.

« Diable! s'écria-t-il, vous étiez déjà sorti ce matin?

— Il faut vous lever, répondit Wilhelm.

— Mais nous ouvrira-t-on au fort?

— Sans doute, tout le monde est à l'exercice; l n'y a plus que le poste de garde.

— Déjà! Eh bien, je suis à vous... Le temps seulement de dire bonjour à ma femme.

— Elle va bien, je l'ai vue; ne vous occupez pas d'elle. »

Desroches fut surpris à cette réponse; mais il la mit sur le compte de l'impatience, et plia encore une fois devant cette autorité fraternelle qu'il allait bientôt pouvoir secouer.

Comme ils passaient sur la place pour aller au fort, Desroches jeta les yeux sur les fenêtres de l'auberge.

« Émilie dort sans doute », pensa-t-il.

Cependant, le rideau trembla, se ferma; et le
lieutenant crut remarquer qu'on s'était éloigné du
carreau pour n'être pas aperçu de lui.

Les guichets s'ouvrirent sans difficulté. Un capitaine invalide, qui n'avait pas assisté au souper de
la veille, commandait l'avant-poste. Desroches prit
une lanterne et se mit à guider de salle en salle son
compagnon silencieux.

Après une visite de quelques minutes sur différents points où l'attention de Wilhelm ne trouva
guère à se fixer :

« Montrez-moi donc les souterrains, dit-il à son
beau-frère.

— Avec plaisir, mais ce sera, je vous jure, une
promenade peu agréable; il régne là-dessous une
grande humidité. Nous avons les poudres sous l'aile
gauche, et là on ne saurait pénétrer sans ordre
supérieur. A droite sont les conduits d'eau réservés
et les salpêtres bruts; au milieu, les contre-mines
et les galeries... Vous savez ce que c'est qu'une
voûte ?

— N'importe, je suis curieux de visiter des lieux
où se sont passés tant d'événements sinistres... où
même vous avez couru des dangers, à ce qu'on m'a
dit.

— Il ne me fera pas grâce d'un caveau, pensa Desroches. Suivez-moi, frère, dans cette galerie qui mène à la poterne ferrée. »

La lanterne jetait une triste lueur aux murailles moisies, et tremblait en se reflétant sur quelques lames de sabre et quelques canons de fusil rongés par la rouille.

« Qu'est-ce que ces armes ? demanda Wilhelm.

— Les dépouilles des Prussiens tués à la dernière attaque du fort, et dont mes camarades ont réuni les armes en trophée.

— Il est donc mort plusieurs Prussiens ici ?

— Il en est mort beaucoup dans ce rond-point.

— N'y tuâtes-vous pas un sergent, vieillard de haute taille à moustache rousse ?

— Sans doute ; ne vous en ai-je pas conté l'histoire ?

— Non, pas vous ; mais, hier, à table, on m'a parlé de cet exploit... que votre modestie nous avait caché.

— Qu'avez-vous donc, frère ? Vous pâlissez ! »

Wilhelm répondit d'une voix forte :

« Ne m'appelez pas frère, mais ennemi !... Regardez, je suis un Prussien ! Je suis un fils de ce sergent que vous avez assassiné.

— Assassiné !

— Ou tué, qu'importe ? Voyez: c'est là que votre sabre a frappé. »

Wilhelm avait rejeté son manteau et indiquait une déchirure dans l'uniforme vert qu'il avait revêtu, et qui était l'habit même de son père, pieusement conservé.

« Vous êtes le fils de ce sergent ! Oh ! mon Dieu, me raillez-vous ?

— Vous railler ? Joue-t-on avec de pareilles horreurs ?... Ici a été tué mon père, son noble sang a rougi ces dalles ; ce sabre est peut-être le sien... Allons, prenez-en un autre et donnez-moi la revanche de cette partie !... Allons, ce n'est pas un duel, c'est le combat d'un Allemand contre un Français ; en garde !

— Mais vous êtes fou, cher Wilhelm ! laissez donc ce sabre rouillé. Vous voulez me tuer, suis-je coupable ?

— Aussi vous avez la chance de me frapper à mon tour, et elle est double pour le moins de votre côté. Allons, défendez-vous.

— Wilhelm ! tuez-moi sans défense, je perds la

raison moi-même, la tête me tourne... Wilhelm !
j'ai fait comme tout soldat doit faire ; mais songez-y donc... D'ailleurs, je suis le mari de votre
sœur ; elle m'aime ! Oh ! ce combat est impossible.

— Ma sœur !... et voilà justement ce qui rend
impossible que nous vivions tous deux sous le
même ciel ! Ma sœur ! elle sait tout; elle ne reverra
jamais celui qui l'a faite orpheline. Hier, vous lui
avez dit le dernier adieu. »

Desroches poussa un cri terrible et se jeta sur
Wilhelm pour le désarmer ; ce fut une lutte assez
longue, car le jeune homme opposait aux secousses
de son adversaire la résistance de la rage et du désespoir.

« Rends-moi ce sabre, malheureux, cria Desroches, rends-le-moi ! Non, tu ne me frapperas
pas, misérable fou !... rêveur cruel !...

— C'est cela, criait Wilhelm d'une voix étouffée,
tuez aussi le fils dans la galerie !... Le fils est un
Allemand... un Allemand ! »

En ce moment des pas retentirent, et Desroches
lâcha prise. Wilhelm abattu ne se relevait pas...

Ces pas étaient les miens, Messieurs, ajouta
l'abbé. Émilie était venue au presbytère me racon-

ter tout, pour me mettre sous la sauvegarde de la
la religion, la pauvre enfant.

J'étouffai la pitié qui parlait au fond de mon
cœur, et, lorsqu'elle me demanda si elle pouvait
aimer encore le meurtrier de son père, je ne répon-
dis pas. Elle comprit, me serra la main et partit
en pleurant. Un pressentiment me vint; je la suivis, et, quand j'entendis qu'on lui répondait à l'hôtel que son frère et son mari étaient allés visiter le
fort, je me doutai de l'affreuse vérité. Heureusement j'arrivai à temps pour empêcher une nouvelle
péripétie entre ces deux hommes égarés par la colère et par la douleur.

Wilhelm, bien que désarmé, résistait toujours
aux prières de Desroches; il était accablé, mais
son œil gardait encore toute sa fureur.

« Homme inflexible ! lui dis-je, c'est vous qui
réveillez les morts et qui soulevez des fatalités
effrayantes ! N'êtes-vous pas chrétien, et voulez-
vous empiéter sur la justice de Dieu ? Voulez-vous
devenir ici le seul criminel et le seul meurtrier ?
L'expiation sera faite, n'en doutez point ; mais ce
n'est pas à nous qu'il appartient de la prévoir ni
de la forcer. »

Desroches me serra la main et me dit :

« Émilie sait tout. Je ne la reverrai pas ; mais je

sais ce que j'ai à faire pour lui rendre sa liberté.

— Que dites-vous ! m'écriai-je, un suicide ? »

A ce mot, Wilhelm s'était levé et avait saisi la
main de Desroches.

« Non ! disait-il, j'avais tort. C'est moi seul qui
suis coupable, et qui devais garder mon secret et
mon désespoir ! »

Je ne vous peindrai pas les angoisses que nous
souffrîmes dans cette heure fatale ; j'employai tous
les raisonnements de ma religion et de ma philosophie sans faire naître d'issue satisfaisante à cette
cruelle situation ; une séparation était indispensable dans tous les cas ; mais le moyen d'en dé-
duire les motifs devant la justice ? Il y avait là non
seulement un débat pénible à subir, mais encore
un danger politique à révéler ces fatales circonstances

Je m'appliquai surtout à combattre les projets
sinistres de Desroches et à faire pénétrer dans son
cœur les sentiments religieux qui font un crime du
suicide. Vous savez que ce malheureux avait été
nourri à l'école des matérialistes du dix-huitième
siècle. Toutefois, depuis sa blessure, ses idées
avaient changé beaucoup. Il était devenu l'un de
ces chrétiens à demi sceptiques, comme nous en

avons tant, qui trouvent qu'après tout un peu de
religion ne peut nuire, et qui se résignent même
à consulter un prêtre *en cas* qu'il y ait un Dieu !
C'est en vertu de cette religiosité vague qu'il ac-
ceptait mes consolations. Quelques jours s'étaient
passés. Wilhelm et sa sœur n'avaient pas quitté
l'auberge : car Émilie était fort malade après tant
de secousses. Desroches logeait au presbytère et
lisait toute la journée des livres de piété que je lui
prêtais. Un jour il il alla seul au fort, y resta quelques heures, et, en revenant, il me montra une
feuille de papier où son nom était inscrit ; c'était
une commission de capitaine dans un régiment qui
partait pour rejoindre la division Partouneaux.

Nous reçûmes, au bout d'un mois, la nouvelle de
sa mort glorieuse autant que singulière. Quoi qu'on
puisse dire de l'espèce de frénésie qui le jeta dans
la mêlée, on sent que son exemple fut un grand
encouragement pour tout le bataillon, qui avait
perdu beaucoup de monde à la dernière charge... »

Tout le monde se tut après ce récit ; chacun
gardait la pensée étrange qu'excitaient une telle
vie et une telle mort. L'abbé reprit en se levant :

« Si vous voulez, messieurs, que nous chan-
gions ce soir la direction habituelle de nos prome-

nades, nous suivrons cette allée de peupliers jaunis par le soleil couchant, et je vous conduirai jusqu'à la Butte-aux-Lierres, d'où nous pourrons
apercevoir la croix du couvent où s'est retirée
Mme Desroches. »

FIN

TABLE

—

EMILE COLIN. — Imprimerie de Lagny

AUTEURS CÉLÈBRES

à 60 centimes le volume.

En jolie reliure spéciale à la collection 1 fr. le volume.

Envoi franco contre mandat ou timbres-poste

CHAQUE OUVRAGE EST COMPLET EN UN VOLUME

AVIS DE L'ÉDITEUR

Le but de la collection des *Auteurs célèbres*, à **60 centimes** le volume, est de mettre entre toutes les mains de bonnes éditions des meilleurs écrivains modernes et contemporains.

Sous un format commode et pouvant en même temps tenir une belle place dans toute bibliothèque, il paraît chaque quinzaine un volume.

CHAQUE OUVRAGE EST COMPLET EN UN VOLUME

En jolie reliure spéciale à la collection, **1 fr.** le volume.

(ENVOI FRANCO CONTRE MANDAT OU TIMBRES-POSTE)

PARIS. — IMPRIMERIE E. FLAMMARION, RUE RACINE, 26.

www.ingramcontent.com/pod-product-compliance
Lightning Source LLC
Chambersburg PA
CBHW070510030726
47503CB00004B/1220